Royaumes

Le nécromancien

Royaumes

Le nécromancien

Chris Rose

Image de couverture : Ripsa
© 2024, Chris Rose

Édition : BoD - Books on Demand, 31 avenue Saint-Rémy, 57600 Forbach, bod@bod.fr
Impression : Libri Plureos GmbH, Friedensallee 273, 22763 Hamburg (Allemagne)
ISBN : 978-2-3225-5888-9
Dépôt légal : Janvier 2024

« Détermination et espoir sont les facteurs clés d'un meilleur avenir »

Dalaï-Lama

Pour ma famille et mes amis…

Les cinq royaumes

* Le royaume d'Amnésia, dirigé par le roi Hayden, descendant d'une lignée de guerriers vikings. Royaume basé sur la stratégie militaire et l'indépendance.

* Le royaume de Celesterre, conquis par le roi Torick et repris par le roi d'Amnésia. Royaume basé sur l'agriculture et l'horticulture.

* Le royaume d'Oldegarde, dirigé par le roi Elyo. Royaume basé sur la connaissance et la construction. Noyau des fiefs.

* Le royaume d'Androphésia, dirigé par le clergé. Royaume basé sur la religion chrétienne, entouré de plages bordant une mer hostile. Cité où règnent l'astrologie, l'alchimie et la sainteté.

* Le royaume de Dryadaura, dirigé par la reine Artémis. Royaume protecteur de la faune et de la flore, des animaux, de la nature. Basé sur la médecine et l'herboristerie.

Hope et Gaya

Promesse due.

La reine mère attendait la régente du royaume dans ses appartements. Il était temps de prendre une décision concernant Oldegarde ! Son fils Elyo était maintenant en âge de gouverner. Eldrid examina une dernière fois les deux documents posés sur le bureau. Elle parapha les parchemins de sa signature. Hope fit son entrée et Eldrid lui demanda de s'assoir face au bureau. La reine mère présenta les papiers à sa fille. Hope lut les documents. L'un concernait le couronnement de son petit frère, le second la ravit moins. Celui-ci était une promesse de mariage. Cela faisait maintenant cinq années qu'Hope avait récupéré le royaume d'Oldegarde des griffes du roi Torick. Le prince Hayden était retourné dans son fief où il fut couronné. Il attendait toujours la promesse qu'Eldrid lui avait faite. Celle-ci n'était pas l'idée de Hope, mais elle devait s'y résoudre. Le temps passait et elle ne voulait pas d'un nouvel ennemi. Le roi Hayden se tenait tranquille pour l'instant envers Oldegarde. Et la jeune reine devait bien l'admettre, c'était grâce à Hayden qu'elle avait récupéré sa louve… et son royaume.

La reine mère observait attentivement sa fille.

— Tu sais combien cette union est importante pour notre royaume, Hope ? lança-t-elle. Cela fait plus de deux ans que ce parchemin trône sur mon bureau et il est temps à présent de l'envoyer à son destinataire.

Hope soupira.

— Je le sais, mère. J'ai conscience de notre situation.

— Et puis, ton frère sera bientôt de retour, ajouta la reine mère.

Hope se réjouissait du retour de son frère, car il serait certainement accompagné par son chevalier. Mais cela, sa mère omettait de le lui dire. C'était elle qui l'avait éloigné de Hope. Voyant sa fille perdue dans ses pensées, Eldrid ajouta :

— Je voudrais que tu poses dès à présent ta signature sur ces parchemins avant le retour de ton frère.

Hope parapha le document mentionnant son retrait de la régence du royaume au profit du futur roi et hésitait sur le deuxième.

— J'ai cédé à ton caprice lorsque le chevalier s'est éloigné de toi, ajouta Eldrid. Et j'ai accepté la situation qui a précédé. Mais désormais, le passé est derrière toi, Hope. Le royaume d'Amnésia doit faire partie de notre avenir, que tu le souhaites ou non ! Si ce n'est pas fait aujourd'hui, je ne pense pas que le roi Hayden attendra le couronnement de ton frère pour nous envahir, suggéra Eldrid. Il perd patience et il connaît nos failles et nos faiblesses. Cela serait désastreux pour Oldegarde.

Hope soupira en paraphant le second parchemin. Sa mère trouvait toujours les mots justes. Désormais, son destin était lié à celui du roi Hayden. D'après les dires de certains villageois de son royaume, il devenait comme son père. Ce qui n'enchantait pas la jeune reine. Elle devra faire preuve de courage et de ruse face à un tel homme. Eldrid roula les deux morceaux de papier entre ses mains et les scella du sceau royal. Elle les lia ensuite avec un ruban rouge puis sortit de ses appartements pour se rendre vers la salle du trône où l'attendait son messager.

Hope resta seule, assise sur le fauteuil. Des larmes roulèrent sur ses joues lorsqu'elle repensa aux bons moments passés avec Amaury. La porte s'ouvrit brusquement, la faisant sursauter. Deux petites furies à la chevelure blonde se jetèrent dans ses bras. La nourrice stoppa sur le seuil de la porte, essoufflée.

— Excusez-moi, majesté, ils avaient hâte de vous voir.

— Je te remercie, Méliciane, tu peux disposer. Je vais rester seule un moment avec mes enfants.

La nourrice se retira et Hope embrassa son fils et sa fille.

!!!

Hayden se réjouissait du message qu'il venait de recevoir. Enfin, son attente fut longue, mais la reine avait tenu sa promesse. Il était allongé sur son lit, une jeune femme nue se trouvait à ses côtés. Elle embrassait le torse du roi.

— Que contient ce message de si important pour que mes baisers ne vous fassent plus vibrer, mon roi ? demanda-t-elle.

— Une grande nouvelle, Myriélane. Celle que j'attendais depuis si longtemps.

La jeune femme cessa d'embrasser le roi et s'allongea sur le lit.

— La régente du royaume d'Oldegarde a enfin accepté de vous épouser, soupira-t-elle tristement.

Hayden posa le document sur la couverture et se tourna vers la jeune femme.

— Nous avons déjà parlé de cette situation, Myriélane. Même si j'épouse la régente, tu seras toujours ma maîtresse. Tu résideras au château et tu viendras en Oldegarde.

— Aujourd'hui ? interrogea-t-elle d'un air surpris.

— Je vais envoyer tout de suite une réponse à ce message. Nous partirons dès l'aube lorsque tout sera réglé dans notre royaume. Le chemin sera long.

La jeune femme réfléchit.

— Si la régente a accepté de vous épouser, pourquoi n'envoie-t-elle pas l'un de ses dragons de fer pour venir vous chercher ?

— Tu sais, Myriélane, je ne pense pas que cette décision vienne directement de Hope. La reine mère a dû l'en persuader.

— Alors, envoyez plutôt votre message à la reine mère, soupira Myriélane.

Hayden embrassa la jeune femme et se leva du lit. Il se dirigea vers son bureau, prit sa plume et écrivit sa missive. Il demanda ensuite à son messager de donner ce parchemin exclusivement à la reine mère. Hayden n'attendit pas longtemps la réponse d'Eldrid et dès le lendemain, un dragon de fer se posa dans la cour du palais et le roi d'Amnésia ainsi que Myriélane, Bran et le conseiller d'Hayden montèrent dans le ventre de la bête. L'énorme animal prit son envol vers le royaume d'Oldegarde.

Le palais d'Oldegarde

Le roi Hayden.

Hope se trouvait dans son sanctuaire. Elle était en train de fabriquer un nouveau jouet pour ses enfants. Gaya était couchée à ses pieds, attendant de pouvoir renifler le nouvel objet. La porte du laboratoire s'ouvrit doucement et Maïlann fit son entrée.

— Je savais que je te trouverais ici, ma reine. Je suis venue te donner des nouvelles concernant le futur roi, exprima la jeune femme. Ta mère a envoyé un dragon en direction de la montagne. D'après nos sources, Amaury sera avec Elyo. Ton frère lui réserve une place importante à ses côtés.

— Je suis si heureuse de le revoir, Maïlann, soupira Hope. Et si malheureuse d'en épouser un autre.

— Je le sais, Hope. Le plus important, c'est que le chevalier reste auprès de nous à son retour.

— J'aimerais que tu ne lui parles pas des enfants, ajouta Hope.

Maïlann connaissait très bien son ami Amaury.

— Tu sais qu'il n'est pas dupe, Hope. Il le découvrira et ne croira pas à ta version.

— Sauf si tu lui assures que c'est vrai, suggéra la régente à son amie.

Maïlann fit la moue.

— Je lui dirai juste l'histoire que tu as inventée, mais ne compte pas sur moi pour en rajouter ! ronchonna la jeune femme. Et Hayden, il sait parfaitement qui est le père de ces enfants. Ne penses-tu pas qu'il pourrait révéler la vérité à Amaury ?

— C'est pour cela que je dois parler au roi Hayden avant l'arrivée d'Amaury, affirma Hope.

La régente quitta son atelier suivi de Gaya et de son amie. Elle se dirigea vers la cour du château. Maïlann se désola du sort de la jeune reine. Elle la soutiendrait autant que possible dans cette nouvelle épreuve. Le dragon de fer se posa sur les pavés et le mécanisme qui actionnait les rouages s'éteignit. La porte du ventre de l'animal s'ouvrit et un énorme loup noir descendit de la machine et attendit son maître patiemment. Le roi Hayden posa ses pieds sur le sol et se redressa royalement. Hope le contempla. Cela aurait pu être pire comme prétendant. Hayden restait un bel homme. Hope lui en voulait toujours de les avoir trahis au moment où celle-ci lui faisait le plus confiance. Une jeune femme brune se tenait à côté du roi.

!!!

Hope se dressait en haut des marches du palais. Elle avait revêtu sa plus belle tenue, comme le désirait sa mère et ses cheveux roux flamboyant ondulaient sur ses épaules et le long de sa colonne vertébrale. Son crâne était parsemé de petites tresses liées les unes aux autres. Ses grands yeux bleus poudrés de rose illuminaient son visage. Hayden la contempla un long moment avant d'avancer vers le château. Bran suivait son maître fixant la louve qui attendait calmement que son frère la rejoigne. Le silence régnait dans la cour. Les soldats ainsi que les serviteurs restaient immobiles, formant une allée de part et d'autre du chemin qui menait le roi jusqu'à la régente. Arrivé à la hauteur de Hope, le roi baisa la main que la jeune femme lui tendait.

— Je suis ravi de te revoir enfin, s'exclama-t-il.

— Il serait souhaitable de ne plus employer de langage familier entre nous dorénavant, ne pensez-vous pas, roi Hayden ?

Hayden fut surpris par la phrase de la régente. Mais celle-ci avait raison, leur statut actuel ne leur permettait pas de familiarité.

— Je le conçois, princesse, souffla-t-il doucement.

Son regard se posa dans celui de Hope. La jeune reine laissa un moment sa main dans celle du roi, ses yeux croisant le regard envoûtant d'Hayden. C'est Gaya qui interrompit sa contemplation en se jetant sur son frère amicalement.

— En voilà au moins deux qui sont heureux de se revoir ! lança le roi gaiement.

— Nous sommes ravis de vous accueillir enfin, roi Hayden, affirma la reine mère. Nous commencerons les préparatifs de cette union lorsque toutes les affaires d'État du royaume seront réglées.

— Je vous laisse gérer ces choses, mère, soupira Hope. Je dois me rendre auprès de mes enfants.

Le roi suivit du regard la jeune reine qui se dirigeait vers les jardins.

— Rendons-nous dans mes appartements, roi Hayden, suggéra Eldrid.

— Je ne m'attendais pas à ce que la régente accepte un jour notre union. Avez-vous influencé Hope ? demanda Hayden.

La reine mère levait le bas de sa robe pour avancer et ne pas trébucher.

— Oui, je dois parfois remettre un peu d'ordre. Hope ne se décidait pas. Je pense qu'elle attend toujours le retour du chevalier. Mais le passé est derrière elle à présent et elle doit avancer !

Hayden sourit. Hope ne pourra jamais oublier Amaury ! Même si elle devient son épouse, le visage du chevalier sera toujours présent dans ses pensées.

— Et les enfants ? demanda-t-il. Sont-ils sages ?

— Ce sont des anges. Ils sont adorables.

— Vous savez, reine Eldrid, que je sais pertinemment qui est le père de ces enfants.

Eldrid acquiesça.

— Oui, vous avez pu vous apercevoir de son état lors de votre dernière visite. Et vous connaissez très bien ma fille et ce chevalier. Mais rassurez-vous, leur relation est bien finie.

— J'ai entendu dire que le chevalier accompagnera le prince lors de son retour au royaume. Je crains pour mon futur mariage. Est-ce que Hope acceptera toujours cette alliance lorsqu'elle reverra Amaury ?

— Elle n'a pas le choix, roi Hayden. Je lui ai fait comprendre que votre union est la seule solution pour permettre à notre royaume de survivre.

— Je l'espère, reine Eldrid.

Ils entrèrent dans les appartements d'Eldrid et n'en sortirent qu'en fin de journée.

!!!

Hayden était las de son entretien avec Eldrid. Il se dirigeait vers son logis lorsqu'une voix l'interpella. Celui-ci stoppa son avancée et attendit la princesse.

— Je dois vous parler, roi Hayden, soupira Hope.

— Très bien, allons dans mes appartements.

Hope suivit Hayden jusqu'à sa loge. Celui-ci l'autorisa à entrer et lui proposa de s'assoir sur le siège face au sien.

— Je vous écoute, princesse.

Hope prit une profonde inspiration.

— Vous savez qui est le père de mes enfants, je le conçois, mais je fais courir une rumeur depuis qu'ils sont nés, commença-t-elle.

— Je suis au courant.

— C'est pour cela que je voulais vous parler. J'aimerais que vous gardiez le secret, et que vous ne dévoiliez rien au chevalier lorsqu'il reviendra.

Hayden contemplait Hope de son regard noir. Aucune expression ne se lisait sur son visage. Il se pencha vers la jeune femme et prit les mains de celle-ci dans les siennes, obligeant Hope à basculer en avant. Il approcha ses lèvres de celles de la jeune reine.

— Je ne dirai rien tant que vous me promettez d'être sage jusqu'à notre mariage, souffla le roi. L'arrivée imminente du chevalier ne m'enchante aucunement ! ajouta-t-il fermement en serrant les mains de Hope.

— Et vous ? Votre amante vous accompagne ! Ne serait-ce pas là un écart à votre engagement ?

Hayden grimaça et serra plus prestement les mains de Hope.

— C'est la femme avec qui je partage ma couche depuis cinq années.

Hope essayait de dégager ses mains de l'emprise d'Hayden.

— J'aimerais que vous me lâchiez à présent, grimaça-t-elle.

Hayden se redressa et approcha sa bouche de l'oreille de la jeune reine.

— Je vous promets de la renvoyer si vous m'assurez de m'être fidèle, susurra-t-il.

Puis il ôta l'une de ses mains pour caresser la joue de Hope et le contour de ses lèvres. Hope contempla le regard brun d'Hayden.

— De quoi avez-vous peur, roi Hayden ?

Le souverain posa sa main sur le ventre de la jeune femme.

— Je ne voudrais pas que le prochain petit être qui grandira en vous soit de nouveau du chevalier, affirma le roi.

— Rassurez-vous, la reine mère me fait prendre un remède abominable tous les soirs pour éviter que je féconde. Celui-ci cessera le jour de notre mariage, bien entendu !

Hayden se redressa et contourna Hope. Il se dirigea vers la porte qu'il ouvrit.

— Je pense que cette conversation est terminée, princesse. Si vous voulez bien me laisser me reposer.

Hope ne voulait pas s'éterniser dans cette chambre. Elle salua le roi et sortit de la pièce. Elle rencontra l'amante d'Hayden en chemin. Celle-ci le rejoignait dans sa couche. La femme brune fit une révérence à Hope en passant devant elle. La jeune reine lui fit un signe de tête en continuant sa route. Le roi était jaloux d'Amaury. Il en avait toujours été ainsi. Cela faisait un long moment qu'elle ne prenait plus cette infâme mixture qui la rendait stérile. Jusqu'à présent, elle n'en avait pas vraiment besoin. Peut-être la reprendrait-elle après le mariage pour ne pas donner de descendance à Hayden. Hope retourna dans ses appartements.

!!!

Dès que Myriéliane entra dans la pièce, Hayden l'attira et lui ôta ses vêtements. Il la poussa ensuite sur le lit sauvagement et il baissa son braie. Il se positionna au-dessus de la femme brune et lui donna de grands coups de reins qui firent frémir son amante. Hope le fragilisait, l'excitait. Il ne pensait qu'à une seule chose, faire de la jeune reine son esclave pour le restant de ses jours ! Sa vie de princesse cessera lorsqu'elle deviendra son épouse. Myriélane hurla de plaisir, Hayden jouissant du corps de sa compagne. Il resta allongé à côté de la femme qui s'était déjà assoupie et contempla le plafond. Comment pouvait-il se débarrasser du chevalier sans que les soupçons se retournent contre lui ? Il devait y réfléchir et attendre le bon moment. Il s'endormit enfin aux premières lueurs du jour.

Maëlo et Mila

Le retour.

Le dragon de fer se posa dans la cour du château. La reine mère attendait son fils avec impatience. Cinq années d'absence furent une longue attente. La porte du monstre s'ouvrit et deux guerrières apparurent. Celles-ci descendirent de la bête ainsi qu'un adolescent et un homme. Eldrid retenait ses larmes. Son petit garçon était devenu un magnifique jeune homme. La ressemblance avec son père était frappante ! Hope se tenait en haut des marches en compagnie de Maïlann. Son cœur fit un bond dans sa poitrine lorsqu'elle aperçut le chevalier. Ses cheveux châtains cuivrés s'ébouriffaient sur son crâne. Le vert de ses yeux étincelait au milieu de son teint hâlé comme deux rubis sur une couronne terne.

— La beauté de cet homme ne s'estompera jamais, lança Maïlann.

Elyo avança vers sa mère suivie de près par le chevalier et une guerrière. Le jeune adolescent stoppa devant Eldrid.

— Bonjour, mère. C'est si bon de vous revoir.

Eldrid enlaça son fils tendrement. Hope contempla Amaury. Celui-ci restait de marbre face à la jeune femme. Maïlann s'en rendit compte et se dirigea vers le chevalier.

— Eh bien, tu fais le fier à présent, Amaury ! le taquina-t-elle.

Le chevalier sourit à son amie.

— Maïlann, tu m'as tellement manqué ! lui lança-t-il en l'enlaçant dans ses bras. Et Kiryan ? Où est-il ?

— Figure-toi que ce bon à rien est devenu responsable des armées ! Il a fort à faire à présent. Tu le verras bientôt, il a hâte de te revoir.

Elyo abandonna sa mère et se positionna devant sa sœur.

— Tu m'as tant manqué, Hope. Je suis si fier de toi ! Il paraît que la régente d'Oldegarde est impressionnante et ce que tu as fait de ce château est grandiose !

— Merci, Elyo. J'ai fait de mon mieux pour maintenir la prestance d'Oldegarde.

Elyo enlaça sa sœur. Hope en fut ravie. Elle fixait toujours Amaury, mais celui-ci dédaignait de lui adresser le moindre regard. Eldrid salua sa sœur Freya. Les retrouvailles passées, tout le monde se dirigea à l'intérieur du palais. Eldrid avait organisé un grand banquet dans la salle du trône pour le retour du futur roi. Un homme attendait déjà près de la table.

— Mère, que fait le roi d'Amnésia dans notre demeure ? demanda Elyo.

— Je dois te faire part de certaines choses concernant le royaume, Elyo. Mais cela attendra. Le roi

Hayden est notre invité, ajouta-t-elle en positionnant son fils à la place qu'il devait siéger à la tablée.

Hayden salua Elyo comme il se devait et ignora le chevalier. Les convives prirent place autour de la table. Hope se retrouva à côté d'Hayden, à la droite de son frère, Eldrid à la gauche de son fils, au côté de Freya. Maïlann face à la princesse et Amaury face au roi d'Amnésia, Hedda assise à côté de lui. Les serviteurs commencèrent à servir le vin. La reine mère prit la parole.

— Avec ce repas, nous célébrons le retour du futur roi d'Oldegarde ainsi que l'alliance avec le royaume d'Amnésia. La princesse Hope, devenue régente du royaume en l'absence du futur roi, épousera le roi Hayden pour assurer l'avenir de notre royaume.

Amaury se pinça les lèvres. Hope soupira. Elyo contemplait sa sœur et apparemment, celle-ci n'avait aucune envie d'épouser Hayden. Il connaissait très bien Amaury et savait que celui-ci n'avait qu'un seul désir. Le chevalier était devenu à présent protecteur du roi et il serait bientôt sa main !

Le repas commença. Le futur roi égaya la tablée en narrant l'entraînement qu'il avait reçu au sein de la montagne des dragons. Hayden attendit qu'Elyo finisse sa phrase pour pouvoir prendre la parole.

— Comptez-vous rester en Oldegarde après le couronnement du roi, chevalier Amaury ? demanda-t-il au jeune homme.

— Le futur roi décidera de mon sort, roi Hayden. Je suis à son service.

La reine mère s'interposa, elle devait de nouveau éloigner le chevalier de sa fille.

— Il serait préférable que le roi vous nomme à un poste plus approprié que le vôtre, chevalier. Ne pensez-vous pas ? demanda-t-elle.

Hope posa ses couverts bruyamment sur la table.

— Et à quoi pensez-vous, mère ? s'exclama-t-elle en regardant celle-ci amèrement.

— Je pense qu'il serait plus apte à commander nos armées, suggéra Eldrid.

— Nous avons déjà un commandant ! affirma Hope.

Freya, qui connaissait parfaitement sa sœur et sa nièce, intervint pour éviter un conflit familial au sein du royaume.

— Tu sais, ma sœur, commença Freya, le chevalier est très bien informé de la situation dans laquelle se trouve le royaume d'Oldegarde. Son dévouement pour le futur roi est loyal et il ne contestera aucunement les décisions prises pour le bien du fief.

— Ceci reste à voir pour la suite, ma sœur, répondit Eldrid.

Le chevalier se leva de sa chaise.

— Veuillez m'excuser, mais je dois prendre congé, lança-t-il. Les affaires du futur roi n'attendent pas.

Amaury sortit de la pièce et se dirigea vers les jardins. Décidément, la reine mère ne lui permettrait jamais de vivre avec Hope. Cependant, elle ne pourra pas ôter l'amour que portait le chevalier à la jeune femme.

!!!

Le chevalier était perdu dans ses pensées lorsqu'il entendit des cris et des rires d'enfants au loin qui le firent sortir de sa rêverie. Amaury déambula dans l'allée de rosiers avant d'atteindre la fontaine où jouaient deux jeunes enfants. Ils étaient accompagnés d'une gouvernante. Le chevalier contempla ces deux petites têtes blondes en souriant. Il était loin le temps où il gambadait dans les prés, insouciant, jouant au chevalier, une épée en bois à la main. Amaury scruta les bambins. Ils devaient avoir entre quatre et six ans et semblaient être des jumeaux. Le frère essayait d'attraper sa sœur. Celle-ci courait dans l'allée et son pied trébucha sur une pierre. La petite fille tomba au sol devant le chevalier et se mit à pleurer. La gouvernante ronchonna. Amaury se baissa à la hauteur de la petite fille.

— T'es-tu fait mal, mon enfant ? demanda-t-il doucement.

L'enfant cessa de pleurer et contempla l'homme de ses grands yeux verts.

— J'ai mal aux genoux, se lamenta la petite fille.

Elle montra ceux-ci à l'homme.

— C'est juste une écorchure, petite. Ne t'en fais pas, cela guérira rapidement.

— Tu peux me porter ? demanda-t-elle. Je suis fatiguée.

— Si ta gouvernante me le permet, suggéra-t-il en regardant la femme qui se trouvait à côté de la fillette. Celle-ci l'autorisa en un hochement de tête. Amaury prit la fillette dans ses bras. Il la contempla un long moment avant de la serrer contre lui.

— Comment te nommes-tu, jeune demoiselle ? lui demanda-t-il.

— Mila, soupira l'enfant.

— C'est très joli.

Les cheveux de Mila formaient des boucles blondes épaisses et dégageaient une odeur de rose. Le petit garçon attendait au pied du chevalier, l'admirant.

— Tu es vraiment un chevalier ? interrogea-t-il.

Amaury sourit à l'enfant.

— Oui. Un chevalier au service du roi.

— Es-tu gentil ?

La nourrice tapota l'épaule du garçonnet.

— Voyons Maëlo, ce n'est pas convenable, le réprimanda-t-elle.

Amaury se baissa à hauteur du petit garçon en tenant Mila dans ses bras.

— Je pense que je le suis, car je fais du mal qu'aux personnes qui le méritent.

— Alors, ma maman est méchante ?

Amaury fut décontenancé. Méliciane réprimanda de nouveau l'enfant. Le chevalier se redressa et tendit sa main à Maëlo.

— Tu te nommes Maëlo d'après ce que j'ai entendu. Pourquoi me poses-tu cette question ?

Maëlo prit la main du chevalier.

— Car lorsque l'on parle de toi, maman se cache dans sa chambre pour pleurer. Elle croit que je ne le sais pas et que je ne comprends pas, mais je suis grand maintenant et sa peine me rend triste.

— Bien sûr que tu es un grand garçon et je suis certain que tu protégeras ta maman des mauvais chevaliers ! Il est temps à présent que vous rentriez au château. Ta sœur est fatiguée et il faut lui soigner sa blessure.

Amaury se dirigea vers le palais, Mila dans ses bras et Maëlo, lui tenant la main, suivie de la gouvernante. Amaury stoppa dans l'allée lorsqu'une jeune femme vint à sa rencontre, accompagnée d'Hayden et de Maïlann. Le cœur de Hope fit un bond dans sa poitrine lorsqu'elle vit ses enfants en compagnie du chevalier. Une fois devant Amaury, elle tendit ses bras vers sa fille.

— Que s'est-il passé, ma chérie ? demanda-t-elle.

Amaury, qui avait compris que ces enfants étaient ceux de Hope aux dires du petit garçon, donna Mila à sa mère.

— Elle est tombée et s'est écorché les genoux, rien de grave, soupira-t-il.

Hope embrassa sa fille en regardant le chevalier.

— Merci, Amaury.

Le petit garçon lâcha la main de l'homme et agrippa celle de sa mère.

— On est fatigué, maman.

— Alors je vais vous emmener dans votre chambre, mais nous allons d'abord soigner les égratignures de ta sœur.

Le petit garçon acquiesça et Hope s'éloigna en compagnie de ses enfants. Hayden se positionna à côté du chevalier.

— Moi aussi j'ai été surpris de voir ces deux petites têtes blondes aux bras de Hope, souffla-t-il.

Puis il s'éloigna pour rejoindre la régente du royaume. Amaury se tourna vers Maïlann. Il la regarda en fronçant les sourcils.

— Qui est leur père, Maïlann ? demanda-t-il sèchement.

La jeune femme ravala sa salive.

— Je… tu devrais le demander à Hope. Tout ce qui se dit à ce sujet c'est qu'elle a eu une aventure avec un garçon d'écurie après ton départ.

— Et le garçon d'écurie ? Est-il encore ici ?

— Bien sûr que non ! La reine mère s'est occupée de son sort !

— Est-il mort ?

— Non, renvoyé !

— La reine mère l'aurait juste renvoyé ? Cela n'est pas cohérent, Maïlann.

— Tu m'ennuies avec tes questions, Amaury !

Maïlann s'en alla. Son ami n'était pas stupide et il avait très bien compris la situation. Amaury devait parler à Hope ! S'il était bien le géniteur de ces enfants, il voulait contribuer à leur éducation, même si Eldrid l'en dissuadait.

Émois.

Cela faisait quelques jours que le chevalier était revenu au château. La reine mère avait prévu que le mariage entre Hayden et Hope se déroulerait aussitôt le couronnement du prince, dans trois jours. Hope espérait au fond de son cœur que quelque chose vienne entraver les projets de sa mère et qu'ainsi, le mariage n'aurait pas lieu. Elle priait tous les soirs pour cela. La jeune reine cherchait le chevalier parmi les jeunes soldats se trouvant dans la cour du palais. Elle le vit en compagnie d'Hedda qui était subjuguée par les paroles d'Amaury. Lorsque Hope approcha du chevalier, la jeune guerrière la salua et prit congé.

— Je vois qu'Hedda s'est rapproché de toi, souffla-t-elle.

Amaury soupira.

— Hedda m'a accompagnée pour revoir Kiryan. Elle ne l'a jamais oublié.

— J'ai appris que tes soupirantes au sein de la montagne étaient nombreuses, avoua Hope.

— Que voulez-vous, princesse ? demanda-t-il sévèrement.

Hope posa sa main sur le bras du chevalier.

— Je t'en prie, Amaury, ne me repousse pas, supplia-t-elle. Tu m'évites depuis que tu es revenu, pourquoi ?
Amaury se pinça les lèvres, son cœur se serrait dans sa poitrine. Il fixa Hope du regard.

— Crois-tu que je n'aie pas envie de te prendre dans mes bras et de t'embrasser, Hope ? Je suis constamment surveillé par la reine mère ou Hayden ! T'approcher ou même te parler m'est impossible.

Hope réfléchit. Il y avait bien un endroit où ils pourraient discuter librement.

— Écoutes ! Je veux que tu me suives sans éveiller le moindre soupçon. L'endroit où je vais est mon antre personnel. Personne ne vient me déranger là-bas !

Hope fit un clin d'œil au chevalier. Il regarda s'éloigner la jeune femme, contemplant sa silhouette. Il prit une profonde inspiration et souffla doucement. Il suivit discrètement la régente du palais et en faisant cela, il savait que sa vie ne tenait qu'à un fil à présent. Il se retrouva dans un atelier. Hope ferma la porte derrière lui à double tour.

— Je suis la seule à avoir la clé, affirma-t-elle.

Amaury examina la pièce. Celle-ci était remplie d'inventions. Il contempla un oiseau fait de métal et de rouages.

— Est-ce toi qui fabriques ces choses ?

— Oui. Parfois, ils fonctionnent tout de suite et parfois, je dois les réajuster.

Elle approcha du chevalier et mit en fonction le petit animal en métal. Celui-ci vola dans la pièce dans un bruit mécanique. Amaury était émerveillé. Hope, voyant le chevalier captivé par ses créations, lui montra un chien qu'elle devait approfondir, car les jambes de celui-ci ne fonctionnaient pas convenablement. Un cheval à bascule qu'elle avait créé pour ses enfants, une petite coccinelle volante qui pourrait être utile à l'avenir en fonction de son utilisation. Elle lui montra aussi les nouvelles épées. Amaury en souleva une et fit quelques mouvements de combat.

— Elle est si maniable et légère, s'extasia-t-il.

Hope prit la main du chevalier et l'emmena vers une table. Elle souleva un morceau de tissu. Amaury fixa l'arbalétrière.

— Ceci est une arbalète de bras, conclut Hope. Je travaille dessus depuis trois années maintenant. Il faut qu'elle soit parfaite ! Mère et Hayden ne savent pas qu'elle existe. Je ne souhaite pas la divulguer pour l'instant.

Puis Hope tourna dans la pièce, levant ses bras et énumérant toutes les inventions qui se trouvaient dans son antre. Amaury en avait le tournis. Il stoppa Hope en l'enlaçant dans ses bras et il posa sa main sur la joue de la jeune femme. Il colla son front à celui de la princesse.

— Tu m'as tellement manqué, Hope, susurra-t-il tout en caressant le faciès de la jeune reine. Suis-je le père de tes enfants ? demanda-t-il soudainement.

Hope le repoussa doucement.

— Amaury, cet instant est si magique, pourquoi le gâches-tu ?

— J'aimerais savoir, Hope. Cette histoire de garçon d'écurie est absurde ! Et les enfants me ressemblent, surtout Maëlo, lorsque j'avais son âge.
Hope soupira désespérément.
— Pourtant, c'est la vérité. J'étais si accablé de chagrin que je ne savais pas ce que je faisais.
Amaury prit les mains de Hope dans les siennes et l'attira à lui.
— Et la reine mère aurait laissé partir ce jeune homme ? Sans qu'il soit puni ? Je n'en crois rien, Hope.
La jeune femme colla son corps à celui du chevalier et elle approcha ses lèvres de celles d'Amaury.
— Crois ce que tu veux, Amaury, souffla-t-elle tendrement.
Leurs bouches se posèrent l'une sur l'autre et un long baiser langoureux donna des frissons à Hope. Amaury baissa le haut du bustier de la jeune reine et embrassa ses seins. Hope s'extasiait. Amaury descendit son visage jusqu'à l'entrejambe de Hope et souleva sa robe. Ce qu'il fit à la jeune femme ensuite émoustilla tous les sens de la princesse. Elle avait chaud, son cœur s'emballait, son désir était profond. Amaury se redressa et repositionna son visage face à celui de Hope. Il l'embrassa sauvagement et la porta pour que celle-ci puisse venir s'asseoir sur la table qui s'avérait à une hauteur parfaite pour la suite. Hope enveloppa de ses jambes la taille du chevalier. Mais cet instant de plaisir cessa au moment où ils entendirent de grands coups de poing dans la porte.

!!!

Une voix s'éleva à travers le bois.

— Hope ! Ouvrez cette porte ! hurla Hayden. Je sais qu'il est avec vous !

Amaury s'écarta de la jeune reine. Hope descendit de la table et réajusta son bustier et le bas de sa robe. Elle demanda à Amaury d'être silencieux et elle l'emmena vers une large malle dissimulée sous une couverture en peau.

— Cache-toi ici, Amaury, et attends que l'on soit sorti de la pièce pour t'enfuir.

— En me contorsionnant un peu, je devrais rentrer là-dedans, affirma-t-il.

Le chevalier se dissimula dans la grande caisse et Hope baissa le couvercle et repositionna la peau de bête sur le dessus. Elle prit une profonde inspiration et se dirigea vers la porte qu'elle ouvrit. Hayden entra précipitamment dans le laboratoire. Celui-ci fit le tour de la pièce et examina le moindre recoin précautionneusement.

— Que cherchez-vous, roi Hayden ? demanda Hope calmement.

— Étiez-vous seule, princesse ?

Hayden approcha de la malle.

— Pourquoi me surveillez-vous ainsi, roi Hayden ? Avez-vous réellement peur que je fasse une bêtise qui mettrait votre majesté dans une situation inappropriée ? demanda Hope en espérant qu'Hayden cesse d'avancer.

Le roi se tourna vers la jeune reine. Elle se trouvait devant une armoire. Il sortit son épée de son fourreau et se dirigea vers le meuble. Il stoppa devant la régente.

— Laissez-moi vérifier une chose ? ordonna-t-il.

— Cette armoire m'est précieuse, roi Hayden, insista Hope. Vous ne ferez que l'abîmer !

Hayden poussa Hope et il donna de grands coups d'épée sur le meuble puis il enfonça sa lame à travers le bois à plusieurs endroits. Les portes de celle-ci s'ouvrirent. Aucun homme ne se trouvait à l'intérieur de l'armoire. Hayden, exaspéré, se tourna vers Hope et posa sa main sur le cou de la jeune femme. Il approcha sa bouche de l'oreille de Hope.

— Bientôt, vous serez à moi ! Si vous me défiez ou me tenez tête, j'enverrai vos enfants dans un lieu loin d'ici, souffla-t-il amèrement.

— Non ! Je vous en empêcherai ! ragea Hope.

— Je serai votre époux et de ce fait, le père de ces enfants. Je serai le seul à décider de leur sort !

Hope posa ses mains sur celle d'Hayden pour que celui-ci lâche son cou. Mais il ne desserrait pas son étreinte. Il déposa un baiser sur la joue de Hope puis ses lèvres humidifièrent l'oreille de celle-ci avant de susurrer :

— Si tu veux que tes enfants restent avec toi, Hope, tu dois me promettre de m'être fidèle et de me donner une descendance après notre mariage !

Hope ne voulait pas s'éterniser dans son atelier. Elle approcha ses lèvres de celles d'Hayden et sans que le roi s'y attende, elle lui donna un baiser. Le souverain posa ses mains sur les joues de la jeune reine et fit durer le plaisir en savourant cet instant. Puis il colla son front contre celui de Hope.

— Si tu te comportes ainsi avec moi plus souvent, Hope, je te promets qu'il ne sera fait aucun mal à tes enfants.

Hope passa ses doigts sur les lèvres d'Hayden. Elle devait ruser avec le roi.

— Et à Amaury ? Je ne veux pas qu'on lui fasse du mal lorsque nous serons unis.

— Il est sous la protection de ton frère, me semble-t-il ? Après notre mariage, nous retournerons en Amnésia, il sera banni de mon royaume. S'il tente quoique ce soit pour te rejoindre, il sera exécuté sur le champ !

Hayden cessa de parler lorsqu'il entendit des voix d'enfants provenir du couloir. Hope s'écarta du roi d'Amnésia. Ses enfants entrèrent dans l'atelier en courant et vinrent près de leur mère. La gouvernante stoppa sur le seuil de la porte, essoufflée.

— Je suis désolée, majesté.

Mila et Maëlo se cachèrent derrière leur mère.

— Si vous ne savez pas tenir ces enfants, je ne sais pas à quoi vous servez, intervint le roi d'Amnésia.

Méliciane fit une révérence au roi.

— C'est que... ils sont parfois si imprévisibles, mon seigneur, lança-t-elle nerveusement.

— Ne vous offusquez pas de ce que le roi d'Amnésia vient de vous dire, Méliciane. Vous êtes une bonne gouvernante, intervint Hope.

La femme se détendit.

— Elle veut nous faire manger du chou ! hurla Maëlo.
Hope fit un signe de main vers la nourrice et celle-ci disparut. La jeune reine s'accroupit devant son fils et prit les mains de l'enfant dans les siennes.
— Tu sais, Maëlo, si tu veux devenir fort pour être un bon chevalier ou un bon roi, tu dois manger du chou, car c'est bon pour la croissance.
Maëlo s'étonna.
— Oui, mais cela a mauvais goût, soupira-t-il. Puis il regarda Hayden. Et toi ? Tu en as mangé du chou pour devenir roi ?
Hayden fut surpris que le petit garçon lui adresse la parole. Jusqu'à présent, il ne s'était pas soucié de ces enfants. Il devait remédier à cela et faire en sorte que les enfants de Hope l'intègrent dans leur vie. Il s'accroupit à côté de la jeune femme et contempla l'enfant. Il ressemblait tellement au chevalier ! Le nier serait un mensonge.
— Oui, j'en mangeais beaucoup. Assez pour être fort et combattre mes ennemis.
— Tu avais mal au ventre lorsque tu en mangeais ? demanda l'enfant.
Hayden sourit et approcha son visage du petit garçon pour lui susurrer quelque chose à l'oreille. Maëlo se mit à rire. Hope se redressa et prit la main de ses enfants dans les siennes.
— Si je vous accompagne dans votre repas, voudriez-vous bien manger votre chou ? demanda-t-elle aux enfants.

— Oui ! s'extasièrent les enfants en même temps.
Hope sortit de la pièce en compagnie de ses enfants. Le roi Hayden contempla un moment la jeune reine qui s'éloignait. Il rejoignit ses appartements. Hope serra la main du petit garçon dans la sienne tout en marchant.

— Que t'a soufflé le roi dans ton oreille, Maëlo, pour que cela te fasse rire ? demanda-t-elle.

— Il m'a dit qu'il avait mal au ventre aussi et de ce fait, il faisait des prouts toute la nuit dans son lit et qu'au matin, une odeur nauséabonde embaumait sa chambre et les domestiques se bouchaient le nez pour entrer !

Mila se mit à rire. Hope sourit. Ses enfants ne risquaient rien tant qu'elle les protégerait.

Amaury attendit que le calme règne pour pouvoir sortir de sa cachette. Il avait entendu les paroles d'Hayden. Si Hope épousait cet homme, elle serait malheureuse toute sa vie durant. Mais que pouvait-il faire, à part la protéger d'Hayden ?

Kiryan et Maïlann

Le couronnement.

Le palais était sens dessus dessous. Les serviteurs s'activaient pour préparer les festivités du couronnement. Le prince héritier se trouvait dans ses appartements et attendait que l'on vienne le préparer pour son ascension.

Hope contemplait la cour du château. Lorsque son petit frère sera couronné, elle devra s'unir au roi Hayden. Cela ne l'enchantait guère et espérait qu'un évènement imprévu vienne troubler cette union. Ce qui arriva lorsqu'un messager de la contrée du désert se présenta en toute hâte devant la reine mère.

— Majesté, je dois remettre une missive très urgente à la régente du royaume.

— Celle-ci est occupée pour le moment. Je peux lui transmettre si vous me dites de quoi il s'agit.

L'homme tendit un parchemin roulé à la reine mère. Celle-ci le déplia et lut son contenu. Ses yeux s'écarquillèrent. L'avenir d'Oldegarde et du futur roi était compromis. Eldrid congédia le messager et elle se rendit dans les appartements de sa fille.

!!!

Hope était sur son balcon à contempler la cour. Eldrid avança vers elle et se plaça à ses côtés.

— Les préparatifs se déroulent comme vous le souhaitiez, mère ? demanda Hope.

— Oui, Hope. Je conçois que ce mariage ne t'enchante pas. Mais tu sais pourquoi tu dois le faire.

— Je le sais, mère. Vous me l'avez expliqué tant de fois.

— Je ne suis pas venue pour te faire des remontrances, Hope. Il y a une urgence à régler !

Hope tourna son visage vers sa mère.

— Que se passe-t-il, mère ?

Eldrid tendit le parchemin à Hope. Celle-ci le lut et soupira.

— Nous devons réunir un groupe de soldats, suggéra Hope. Ils doivent se rendre en terres arides. Elyo doit être couronné aujourd'hui. Nous n'avons plus le choix.

— Je pense comme toi, ma fille. Il faut en parler au roi Hayden, nous aurons besoin de lui dans cette mission. Il connaît les terres arides.

— Je vais de ce pas m'entretenir avec nos combattants et le roi Hayden, souffla-t-elle.

Hope sortit de la pièce et se rendit dans la salle de stratégie. Les serviteurs se chargèrent de convier les personnes les plus aptes à mener cette quête, citées par la jeune reine. Hope attendait patiemment que les convives arrivent. Son souhait fut exaucé.

!!!

Amaury, Maïlann, Hedda et le roi Hayden étaient assis face à Hope. Kiryan étant absent, la jeune reine ne pouvait pas compter sur lui. Elle regarda les personnes présentes une à une.

— Je vous ai réunis, car nous avons reçu une nouvelle qui pourrait nuire à nos royaumes. Un mal se tapit dans les terres arides. Nous ne savons pas de quoi il s'agit. Le roi de Kelionos nous demande notre aide. Vous savez que sa fille est promise à mon frère et qu'il s'impose que le royaume d'Oldegarde aide leur peuple, ainsi nous…

— Et pourquoi les trois autres royaumes seraient-ils en péril ? la coupa Hayden. L'alliance ne concerne qu'Oldegarde.

— Pensez-vous vraiment qu'une fois avoir détruit Oldegarde, ce mal ne tentera pas de mettre en péril votre royaume, roi Hayden ? suggéra Hope. Et vous devez aider le roi Elyo puisque je vais devenir votre reine ! affirma-t-elle.

Hayden soupira.

— Je ne vous apprends rien en vous disant que ces terres sont infestées de mécréants et d'un nécromancien, princesse, lança-t-il.

— Je le sais. C'est pour cela que vous nous accompagnerez, vous connaissez les terres arides mieux que quiconque pour avoir séjourné dans ce lieu.

— Le nécromancien a-t-il un lien avec ce qui se passe dans cette terre ?

— Je ne sais pas, roi Hayden, soupira Hope. Nous nous rendrons en Kelionos et nous mènerons notre quête.

— Car vous comptez vous rendre en ce lieu, princesse ? interrogea Hedda.

— Oui, Hedda. Je suis une guerrière avant tout. Je suis moi aussi au service de mon frère qui deviendra roi ce soir. Et je compte sur vous tous ! Kiryan étant absent, j'ai demandé au second de celui-ci de nous accompagner. Erwan est un brave et un grand combattant. Si vous voulez que certains de vos soldats fassent partie de cette quête, roi Hayden, je ne m'y opposerai pas.

— Je vous remercie, princesse. Un seul de mes hommes me suffira ! énonça-t-il.

— Nous partirons dès l'aube. Le temps de préparer le dragon de fer et de participer au couronnement du futur roi ainsi qu'au bal donné en son honneur.

— Donc, notre mariage n'aura pas lieu ? demanda Hayden à la princesse.

— Je suis désolée, roi Hayden. Il est juste repoussé et nous nous unirons à notre retour, une fois cette quête menée, affirma Hope, heureuse qu'un évènement improvisé soit venu gâcher les projets du roi Hayden.

— Très bien, princesse. Donc, je vais vraiment avoir besoin d'un garde du corps si je ne veux pas succomber durant ce voyage, insista Hayden.

Hope leva les yeux au ciel.

— Qu'insinuez-vous, roi Hayden ? demanda amèrement Amaury qui fut sage jusqu'à présent.

Hayden se leva de son siège, posa ses mains sur la table et se pencha vers Amaury. Il fixa le regard émeraude du chevalier.

— Vous tous me haïssez tellement, qu'un évènement tragique pourrait intervenir durant cette quête.

Amaury se leva à son tour et serra les poings. Hope approcha du chevalier et se positionna devant lui, face à Hayden.

— Je ne vous hais point, confirma Hope. Erwan ne vous connaît pas. Hedda sera avec nous pour nous protéger et il s'avère qu'elle est douée pour pister les ennemis, quant à Amaury et Maïlann, ce sont des guerriers confirmés et ils ne vous nuiront pas, tant que je ne leur en donnerai pas l'ordre. Gaya m'accompagnera, il serait préférable que vous preniez Bran, roi Hayden.

Le roi d'Amnésia fit le tour de la table et vint se placer près de Hope. Il approcha sa bouche de l'oreille de la jeune femme et posa sa main sur la taille de celle-ci.

— Je surveillerai vos moindres mouvements durant ce trajet, princesse… Il fixa Amaury en parlant à la jeune femme… Si un écart intervint, je ferai en sorte que le ou les coupables soient arrêtés à leur retour, susurra-t-il.

Amaury poussa Hope et bouscula Hayden, il leva son poing. Celui-ci fut stoppé par Hedda. La guerrière se tourna vers Hayden.

— Je ferai en sorte que cela n'arrive pas, roi Hayden, acquiesça-t-elle.

Amaury rongeait son frein. Il quitta la pièce rageusement. Maïlann prit congé et rejoignit le chevalier. Hedda fit une révérence aux deux souverains et s'éclipsa. Hope se dirigea vers la porte.

— J'espère que tu savoures ton bonheur, Hope. Tu as gagné quelques mois de répit, lança Hayden.
La jeune reine ferma les yeux.

— Cessez vos sarcasmes et vos confrontations, roi Hayden. Vous savez très bien que quoi que je puisse faire, je ne pourrais pas rompre cette alliance, ma mère fera le nécessaire pour cela. Et Hope sortit de la pièce.
Hayden se sentit offusqué. Il devait trouver un plan pour se débarrasser du chevalier.

!!!

Elyo avançait au rythme de la busine vers sa mère et sa sœur qui se tenaient debout devant le trône de son père. Les convives ainsi que des personnes de haut rang formaient un couloir garni d'un tapis rouge qui indiquait la direction à suivre à l'adolescent. Tout le monde était paré de ses plus beaux habits. Le roi Hayden et le chevalier Amaury attendaient de chaque côté des deux femmes. Une couronne en or était posée sur un coussin qui se trouvait dans les mains d'Hope. Elyo stoppa en bas de l'estrade devant sa mère et s'agenouilla. Il baissa la tête. Sa tante Freya posa une cape rouge en velours bordée d'un liseré doré sur ses épaules. Eldrid prit le coussin des mains de sa fille et Hope agrippa la couronne. La jeune femme descendit les deux marches et se retrouva face à son frère. Elle leva la couronne au-dessus de la tête d'Elyo. Elle contempla l'assemblée.

— Moi, régente du royaume d'Oldegarde, cède le trône et la régence du fief au futur souverain. Elyo, fils du sage roi Olden, par cette couronne, je te désigne à la succession de ton père.

Hope posa la couronne d'or sur la tête de son frère. Celui-ci se redressa doucement et la jeune femme l'emmena jusqu'au trône. L'adolescent s'assit sur le fauteuil et fixa son peuple. Hope se tint près de lui et reprit :

— Le roi Olden est mort, ajouta-t-elle. Vive le roi Elyo !

L'assemblée cria son enthousiasme en faveur du nouveau roi. Puis Elyo leva sa main pour demander le silence.

— En tant que nouveau souverain d'Oldegarde, je dois choisir ma main. Celui qui assistera aux réunions concernant les décisions du royaume et qui aura tout pouvoir au sein d'Oldegarde.

La reine mère contempla Hayden. Celui-ci sourit. Hope soupira. Elyo se redressa de toute sa prestance.

— Que s'approche devant moi celui qui restera à mes côtés durant mon règne, celui en qui j'ai entièrement confiance… le roi Hayden grimaça… celui qui reste brave malgré les difficultés, continua le jeune roi… Eldrid hoqueta… Amaury, chevalier du grand ordre !

Le cœur de Hope fit un bon dans sa poitrine. À partir de maintenant, plus personne ne pourra faire de mal au jeune homme, même si la personne en question était un roi ! Amaury écarquilla les yeux. Maïlann lui tapota l'épaule et lui ordonna d'avancer devant le roi. Ce qu'il fit et il s'agenouilla en bas des marches. Le jeune roi Elyo se positionna au-dessus du chevalier. Il prit la broche que lui tendit sa mère.

— Je vous prie de redresser la tête, chevalier Amaury.

Le jeune homme s'exécuta et Elyo se pencha vers le chevalier pour accrocher le bijou sur le haut de sa tunique. Amaury contempla la main d'or posée sur son cœur.

— Redressez-vous à présent, chevalier, et profitez des festivités de mon couronnement.

Le nouveau souverain se dirigea vers la table du banquet dressée pour l'occasion et s'assit au centre de la tablée. Amaury se positionna à sa gauche, sa mère à sa droite, ainsi qu'Hayden. Hope s'installa près du chevalier. Maïlann suivit, puis le restant des convives qui se placèrent de chaque côté de la famille royale. Eldrid fixa sa fille et lui fit de grands yeux pour la réprimander. Celle-ci aurait dû s'assoir à côté d'Hayden. Les enfants se trouvaient près de leur nourrice. La musique retentit et le roi ordonna à son assemblée de danser et de s'amuser. Les gens ne se préoccupèrent plus du jeune souverain et vaquèrent à leur distraction.

— J'ai appris la mauvaise nouvelle, chevalier, lança Elyo. Vous devez partir en terres arides. Cela me désole, mais ma promise a besoin de votre aide et de celle de vos accompagnants. Vous devez me la ramener saine et sauve, chevalier Amaury, et anéantir le mal qui se tapit dans ce lieu.

— Je vous le promets, sir. Mais nous serons certainement absents durant de longs mois et je ne pourrais assumer la charge que vous m'avez octroyée ce soir.

Elyo posa sa main sur celle du chevalier.

— J'en suis conscient, chevalier. Vous désigner main du roi était une décision très réfléchie, chevalier, n'en doutez pas !

Amaury sourit au jeune roi. Eldrid soupira.

— Votre sœur fera partie de cette quête, Elyo. Je ne suis pas vraiment enthousiaste qu'elle parte dans cette aventure sans avoir tenu sa promesse au roi Hayden.

Hope fit la moue. Sa mère ne cessait jamais ! Elyo posa son regard sur le roi d'Amnésia.

— Êtes-vous si pressé de posséder ma sœur et de devenir un membre important du royaume d'Oldegarde, roi Hayden ? énonça Elyo à l'intéressé.

Le roi d'Amnésia sourit amèrement. Le petit Elyo avait bien grandi et en voulait toujours à Hayden pour sa trahison envers sa famille.

— Même si cela fait des années que j'attends, roi Elyo, je serai encore capable de patienter, souffla-t-il. Votre promise est plus importante que ma propre personne.

Elyo tourna son visage vers Eldrid.

— Vous voyez, mère, le roi Hayden peut attendre et il accompagnera Hope dans cette quête, donc, je ne vois pas en quoi un mariage à la hâte serait propice en cet

instant. Il vaut mieux attendre et donner à ma sœur, une cérémonie à la hauteur de sa beauté et de son dévouement pour le royaume, ajouta le jeune roi.
Hope en fut ravie. Eldrid se tut et contempla les danseurs. Hayden ragea intérieurement. Maïlann fixait Elyo. Que ne ferait pas ce garçon pour le bonheur de sa sœur ! Il trouvait les mots justes, dignes d'un grand souverain.

!!!

Hope commençait à s'ennuyer. Elle contemplait les personnes dans la salle. Certains discutaient, d'autres dansaient. Hayden avait rejoint son amante et lui susurrait des mots doux à l'oreille. Maïlann riait en compagnie de jeunes femmes, dont Hedda. Le roi conversait avec Eldrid. Ses enfants jouaient dans le petit salon. La jeune femme cherchait Amaury du regard. Elle le vit devant le buffet de mets sucrés, scruté par de jeunes femmes qui lui faisaient les yeux doux. Hope se dirigea vers lui et posa sa main dans celle du chevalier. Celui-ci mangeait une part de délicieux gâteau.

— Viens danser avec moi, Amaury, lança-t-elle en le tirant vers la piste.

Amaury posa rapidement le reste de son dessert sur la table pour pouvoir suivre la jeune femme. Elle le plaça au milieu de la salle et posa sa main sur l'épaule du jeune homme, un bras écarté de son corps, tenant la main d'Amaury dans la sienne. Le chevalier prit la même position que Hope et ils se mirent à tourner l'un autour de l'autre, faisant des révérences, se tenant la main à chaque changement de pas. Hayden cessa de parler à Myriélane et fixa les deux jeunes gens qui dansaient ensemble. Pour l'instant, ils restaient écartés l'un de l'autre.

— Lorsque vous serez marié à la princesse, mon roi, aurai-je toujours vos faveurs ? demanda la jeune femme brune.

— Tu seras mon amante, Myriélane, je te l'ai déjà expliqué, lança Hayden sans quitter des yeux Hope.

— Pourtant, lorsque vous la regardez, je vois du désir dans vos yeux, de la jalousie. Je ne pourrai pas rivaliser avec la princesse d'Oldegarde, soupira-t-elle.

Hayden ne répondit pas, il était concentré. La jeune femme donna un regard à Hope. Le chevalier et la princesse se rapprochaient en dansant. Les mains d'Amaury glissaient sur la peau du visage et du dos de l'ancienne régente. Myriélane enviait Hope pour sa beauté, sa prestance, sa dureté et son altruisme.

Amaury attira Hope à lui et leurs corps se collèrent l'un à l'autre. Il contempla la jeune femme dans les yeux. La princesse approcha son visage de celui du chevalier. Hayden gronda et se précipita en direction des deux jeunes gens. Myriélane soupira. Elle savait très bien que si Hope ouvrait son cœur au roi d'Amnésia, celui-ci cesserait toutes relations avec son amante.

Amaury approcha ses lèvres de celles de Hope. Il fut tiré en arrière par les mains d'Hayden qui agrippa sa tunique. Heureusement, aucune arme n'était autorisée pendant les festivités. Sinon, le roi Hayden aurait bien enfoncé sa lame dans le cœur du chevalier ! À la place, il serra les poings et attendit son adversaire. Hedda fut rapidement au centre de la piste, devant le roi d'Amnésia. Maïlann agrippa les épaules d'Amaury. Celui-ci rageait de colère et voulait se battre. Elle le retint tant bien que mal. La guerrière viking posa ses mains sur les poings du roi Hayden.

— Il serait inconcevable qu'une altercation entre deux royaumes éclate, ne pensez-vous pas, roi Hayden ? suggéra-t-elle.

Le jeune homme brun s'écarta de la guerrière.

— Vous avez raison, guerrière, je suis trop impulsif. Je ne souhaite pas être la cause d'un différend.

Amaury grimaça. Maïlann approcha sa bouche de l'oreille de son ami.

— Calme-toi, Amaury, il te provoque, susurra-t-elle.

— Et tout le monde pensera que c'est moi qui cause ce différend, compris Amaury.

— Oui, c'est cela, ajouta Maïlann.

Eldrid stoppa à côté de sa fille. Hope ne disait rien. Le jeune roi approcha de sa sœur.

— Je voudrais que vous m'accordiez cette danse, ma chère sœur, demanda-t-il.

Hope sourit à son frère.

— J'en serai ravi, mon roi, s'exclama-t-elle. Et Elyo écarta sa sœur des deux jeunes hommes.

Eldrid excusa le comportement de la princesse auprès d'Hayden et Amaury s'éclipsa. Il était temps pour lui de prendre congé. Elyo voyait sa sœur distraite. Elle dansait avec lui sans prendre de plaisir.

— Que se passe-t-il, Hope ? demanda Elyo.

— Pardon, mon roi ?

— Vous n'avez pas réagi lorsque ces deux jeunes coqs se faisaient face. La Hope que j'ai quittée serait intervenue violemment.

— Je me suis assagie, mon frère. Et je me rends compte que par ma faute, vos festivités auraient pu être interrompues.

— Ce n'est pas votre faute, Hope. Amaury est épris de vous et Hayden est jaloux.

— Que puis-je faire, Elyo ? Je suis tellement heureuse que vous ayez choisi le chevalier comme main. Il sera protégé des souverains comme Hayden !

— Ce n'est pas à moi de vous dire ce que vous devez faire, ma sœur. Écoutez votre cœur !

La musique cessa. Hope prit congé du jeune roi et sortit de la salle de bal tout en réfléchissant aux paroles de son frère.

!!!

La princesse rejoignit ses enfants qui se trouvaient dans la salle de jeux. Ceux-ci se levèrent à son arrivée et l'enlacèrent. Hope regarda la nourrice.

— Vous pouvez prendre congé, suggéra-t-elle. Je vais m'occuper de leur coucher.

La gouvernante fit une révérence à la princesse et sortit de la pièce. Hope emmena ses enfants dans leur chambre, les déshabilla et les borda. Elle devait leur parler.

— Mila, Maëlo, votre maman doit partir loin de vous.

Les enfants écarquillèrent les yeux. La petite fille se dressa sur son lit.

— Tu vas nous laisser, maman ?

Hope sourit.

— Je reviendrai ! Ne t'en fais pas, Mila.

La porte était entrouverte, une silhouette se dressa sur le seuil. Décidément, Hope ne pouvait pas être tranquille ! Elle continua la conversation avec sa progéniture.

— Et votre oncle, le roi, s'occupera de vous. Vous avez aussi votre grand-mère, elle est gentille avec vous, n'est-ce pas ?

— Oui, maman. Mais grand-mère insiste pour que l'on soit plus polie avec toi. Moi, je n'ai pas envie, ronchonna la petite fille.

— Tant que vous l'êtes avec votre grand-mère et aujourd'hui, avec le roi, je serai heureuse. N'écoutez pas votre grand-mère pour cela, moi seule décide si vous me devez la politesse.

— Où vas-tu, maman ? demanda Maëlo.

— Je vais mener une quête en compagnie de Maïlann, le chevalier, la guerrière, le roi Hayden et d'autres personnes que vous ne connaissez pas, mes chéris.

Maëlo se redressa et enveloppa sa mère de ses bras.

— Je veux venir avec toi, suggéra-t-il.

— Tu es trop petit pour l'instant, Maëlo. Et il faut d'abord que tu apprennes à te battre !

— Mais je veux te protéger, moi ! affirma le petit garçon.

Hope sourit et prit son fils dans ses bras.

— Ne t'inquiète pas pour cela, Maëlo, je suis en bonne compagnie.

Le petit garçon contempla l'homme qui se tenait sur le seuil de la porte. Il s'écarta de sa mère et se positionna debout sur son lit.

— Et toi, tu protégeras ma maman ? demanda Maëlo au roi Hayden.

Hope prit la main de son fils dans la sienne.

— Tu dois être poli avec le roi Hayden aussi, Maëlo, soupira Hope.

Hayden avança vers le lit.

— Ce n'est rien, princesse. Cela peut attendre… puis il s'adressa à Maëlo… Oui, je la protégerai, mon garçon.

— Lorsque vous reviendrez, vous serez notre père ? demanda Mila.

Hayden s'assit sur le lit près de la petite fille.

— Si notre mariage se fait à notre retour, Mila, je deviendrai votre tuteur.

Hope écoutait Hayden. Il n'était pas réticent à s'occuper de ces deux enfants.

— C'est quoi un tuteur ? demanda Maëlo.

Hayden approcha sa main du visage du petit garçon et caressa celui-ci.

— C'est une personne qui s'occupe de vous lorsque vous n'avez plus de parents.

— Mais nous, on a encore maman ! affirma Mila.

— Oui, bien sûr, Mila. Mais je ne serai pas vraiment votre père. C'est ainsi que l'on nomme une personne qui s'occupe d'enfants qui ne sont pas les siens !

— On devra vous obéir ? demanda Maëlo.

Hayden se redressa.

— J'espère que vous le ferez, sinon vous serez punis ! lança-t-il.

Les enfants firent la moue. Hope leur demanda de s'allonger dans leur lit et les borda de nouveau.

— Il est temps de dormir maintenant, mes chéris. Vous me verrez demain, je vous dirai au revoir avant de partir, je vous le promets.

Les enfants obéirent à leur mère et fermèrent déjà les yeux. Mila agrippa son ours en peluche dans ses bras et Maëlo, un morceau de tissu. Hayden attendit Hope pour sortir de la chambre. Celle-ci ferma la porte doucement en soupirant. Elle ne voulait pas les quitter ! La princesse ne dit rien et commença à marcher dans le couloir. Le roi Hayden se positionna à ses côtés.

— Vous savez, princesse, il faudra vous détacher de ces enfants lorsque nous serons unis, suggéra-t-il.

— En quoi mes enfants perturberaient-ils notre union ?

— Je vous rassure, ils sont adorables. Je veux juste qu'ils m'acceptent et qu'ils m'obéissent. Mila doit apprendre à devenir une princesse et Maëlo, un prince.

Hope stoppa sa marche. Elle tourna son visage vers Hayden.

— Je ne leur imposerai pas un avenir tout tracé ! gronda-t-elle. Si Mila veut devenir une combattante, elle le sera ! Et Maëlo préfère être chevalier !
Hayden grimaça.
— Si vous ne pouvez pas vous imposer, Hope, je le ferai !
Hope approcha son visage d'Hayden.
— Ils vous haïront ! Est-ce cela que vous désirez ? demanda-t-elle.
Hayden posa sa main sur le ventre de Hope.
— L'héritier que vous me donnerez sera plus important que ces enfants à mes yeux, souffla-t-il.
Hope rageait. Elle gifla Hayden.
— Je vous interdis de dénigrer mes enfants, ils seront tout aussi importants à mes yeux que celui que je vous donnerai !
Hayden agrippa la main de Hope qui venait de le gifler, il serra son étreinte et approcha son visage de celui de la princesse.
— Ne recommencez pas ce geste, princesse ! Vous pourriez le regretter.
— Je crois que je comprends à présent, soupira Hope. Ils ressemblent à Amaury, surtout Maëlo. Même si le chevalier sera loin de moi, on le contemplera à travers le regard de ces enfants et aux traits de Maëlo.
Hayden lâcha la princesse.
— Je vais vous laisser rejoindre votre chambre, princesse. Nous avons un long voyage qui nous attend demain. Nous devons nous reposer.

Le roi Hayden quitta Hope. Les larmes de la princesse coulèrent sur ses joues. Elle les essuya d'un revers de main et se dirigea vers ses appartements. Elle protégera ses enfants de ce tyran !

Aventure.

L'aube se levait. Amaury était déjà debout et préparait sa besace. Son amie Maïlann s'étirait dans son lit. Elle se redressa doucement sur ses coudes et contempla le chevalier.

— Tu es bien matinale, Amaury ? s'exclama-t-elle.

— Nous avons un long voyage à entreprendre. Je ne veux rien oublier.

Maïlann se recoucha sur son lit, les bras en croix, et bâilla.

— J'aurais bien aimé dormir encore un peu ! affirma-t-elle. La nuit a été courte.

— Il ne fallait pas s'éterniser à la réception si tu voulais plus de sommeil, gronda Amaury.

Maïlann se leva doucement de sa couche. Maintenant qu'elle était réveillée, elle ne pouvait plus fermer les yeux.

— Ce n'est pas parce que tu as dû quitter le bal précipitamment que je devais aussi le faire ! lança Maïlann, exaspérée. Tu es bien ronchon aujourd'hui, Amaury. Le voyage va être gai !

Le chevalier soupira, repensant à ce qui s'était passé la veille. Il ne dit rien et sortit de la chambre qu'il partageait avec son amie. Il voulait dire au revoir aux enfants de Hope avant de partir. Ceux-ci devaient certainement dormir encore. Il ne voulait pas les déranger. Il aperçut la nourrice déambulant dans le couloir qui menait aux cuisines. Il héla la femme.

— Excusez-moi, gente dame, je voudrais savoir où se trouve la chambre des enfants, lui demanda-t-il.
La gouvernante le contempla un moment, ne sachant que faire. Elle ne pouvait pas emmener le chevalier voir les enfants sans la permission de la princesse ou la reine mère.

— La princesse est réveillée, il vous faut sa permission pour voir les enfants, soupira-t-elle.

— Je vous remercie, je vais de ce pas dans les appartements de la princesse.
Amaury commençait à avancer.

— La princesse fait sa toilette, vous devrez attendre devant la porte un petit moment, ajouta Méliciane.
Amaury précipita le pas. Il ne devait pas être aperçu devant la chambre de Hope. Le roi Hayden avait des yeux partout ! Il se souvint du passage secret et espérait que celui-ci était toujours en fonction. Il le prit et arriva dans le couloir qui menait aux appartements de la jeune femme. Aucun garde à l'horizon ! Il se précipita à l'extérieur et entra doucement dans la chambre de la princesse en soupirant de soulagement. Hope fut surprise de la visite du chevalier. Avec l'altercation que celui-ci avait eue la veille, elle ne pensait pas qu'il

viendrait lui rendre visite. La jeune femme était assise devant sa coiffeuse, sa toilette était terminée et celle-ci se brossait les cheveux. Elle regarda le chevalier à travers le miroir.

— Je ne pensais pas te voir ?

Amaury se tourna vers Hope. Celle-ci se redressa de sa chaise et approcha du chevalier. Elle portait une chemise blanche transparente laissant entrevoir ses formes. Amaury ne bougeait pas. Hope se positionna devant lui, son corps collant celui du chevalier. Amaury huma l'air. La jeune femme sentait si bon ! Elle approcha ses lèvres de celles du chevalier. Le jeune homme recula d'un pas.

— Je pense qu'il serait préférable de nous abstenir, Hope. Tu es destinée à Hayden !

La princesse fronça les sourcils.

— Alors, pourquoi es-tu venu me voir dans mes appartements ? s'offusqua-t-elle.

Amaury soupira. La jeune femme était contrariée.

— J'aimerais voir les enfants avant de partir, souffla-t-il.

— Pourquoi ? interrogea Hope.

— Je voudrais leur dire au revoir.

Hope se dirigea vers son lit et prit son châle qu'elle passa sur ses épaules. Elle ne regardait plus le chevalier.

— Tu les verras dans la cour du château ! Ils seront présents lors de notre départ, gronda-t-elle.

Amaury voyait bien que Hope n'était pas d'humeur à accepter sa demande. Il attendra.

— Très bien, Hope, soupira-t-il. J'aurais vraiment voulu que cela se passe autrement entre nous, princesse. Mais le destin en a décidé ainsi !

Amaury posa sa main sur la poignée de la porte et ouvrit celle-ci.

— Ce ne sont pas tes enfants, Amaury ! lança Hope avant que celui-ci ne sorte.

La jeune femme s'assit sur son lit en se tenant le visage entre les mains. Des larmes coulèrent sur ses joues. Elle devait se ressaisir, peu importe si le chevalier ne consentait plus à ses avances ! Elle insisterait jusqu'au jour où ils seront de nouveau réunis. Elle l'aimait et était prête à braver l'interdit pour être dans ses bras. Elle s'habilla et alla réveiller ses enfants. Elle voulait les dorloter avant de partir.

!!!

Hope avait revêtu son costume de guerrière. Ses longs cheveux roux étaient tressés en plusieurs endroits du haut de son crâne jusque dans son dos, elle portait une chemise bleue en dessous d'une armure faite en cuir et en acier avec de larges épaulettes. Ainsi que des brassards de la même matière que sa cuirasse, dont un, équipé de sa nouvelle arme. Il était temps pour elle de l'essayer ! Un caleçon noir et ses grandes bottes. Son épée était enfouie dans un fourreau dorsal et dans sa besace se trouvait quelques objets métalliques qui pourraient leur être utiles durant leur voyage. Son bouclier pendait sur son flanc gauche. Elle avançait vers l'animal en fer. Amaury examinait les rouages du dragon. Il redressa son visage lorsque Hope apparut. Maïlann se tenait à ses côtés.

— Elle est magnifique n'est-ce pas, dans sa tenue de guerrière ? s'exclama-t-elle.

— Oui, cela change de ses robes de princesse, souffla-t-il.

— Et tu verras, son maniement de l'épée s'est amélioré aussi. Maintenant, elle peut te battre ! ironisa Maïlann.

Quelqu'un tira sur le bas de la chemise du chevalier. Celui-ci se tourna et contempla les deux petites têtes blondes.

— On veut te demander quelque chose, chevalier, demanda Mila.

Amaury sourit. Il voulait voir ses enfants avant de partir et ceux-ci venaient à lui. Car il se doutait que Hope lui mentait et que les jumeaux étaient sa descendance. Le jeune homme se baissa à hauteur de la petite fille.

— Oui, qu'y a-t-il, Mila ?

— On veut que tu protèges notre maman, demanda la petite fille.

— Oui, parce qu'on n'aime pas trop le roi Hayden, renchérit Maëlo. Il nous a dit qu'il le ferait, mais on préfère que ce soit toi !

Maïlann sourit, ces enfants étaient vraiment adorables. Amaury prit les mains de la petite fille dans les siennes.

— Pourquoi n'aimez-vous pas le roi Hayden ? demanda-t-il.

— Parce qu'on sait que maman est obligée de l'épouser et surtout, il faut être poli avec lui ! gronda-t-elle.

Amaury enlaça la petite fille dans ses bras et posa son menton sur la tête de celle-ci.

— Je te promets de protéger votre maman, ma chérie.

Maïlann écarquilla les yeux. Amaury n'était pas dupe, il avait bien compris que ces enfants étaient sa descendance. Maëlo enveloppa le cou du chevalier et l'embrassa sur la joue.

— Tu ne peux pas être notre papa ? demanda le petit garçon.

Amaury grimaça. Il écarta les enfants de lui et prit chacune de leur main dans les siennes.

— J'aurais bien aimé être votre papa, les enfants. Mais cela est impossible. Le mariage entre votre maman et le roi Hayden doit avoir lieu. Vous en êtes conscient, n'est-ce pas ?

— Oui, soupirèrent les enfants en même temps.

— Je sais que vous êtes intelligents et que vous comprenez mes paroles.

Les enfants hochèrent la tête. Amaury se redressa lorsque la reine mère approcha en compagnie d'Hayden. Elle prit la main de Maëlo et de Mila dans les siennes et se tourna vers le jeune homme brun.

— Dites au revoir au roi Hayden, à présent, les enfants ! ordonna-t-elle.

— Au revoir, roi Hayden, s'exprimèrent les enfants ensemble.

Celui-ci fixa le chevalier et se pencha vers les petites têtes blondes.

— Lorsque je deviendrai votre père, les enfants, j'aimerais que vous m'octroyiez plus d'affection, est-ce compréhensible pour vous ?

Mila et Maëlo s'agrippèrent à leur grand-mère.

— Voyons, les enfants, le roi Hayden ne vous veut aucun mal, les rassura Eldrid.

— Il n'est pas très gentil, gronda Maëlo.

Hayden prit la main du petit garçon et approcha celui-ci de lui, même si l'enfant résista un moment. Il obligea Maëlo à l'écouter.

— Je serai gentil avec vous si vous m'obéissez et que vous restez poli.

Amaury grimaçait. Le chevalier voulait intervenir, mais Maïlann s'interposa.

— Non, Amaury ! Ne t'en mêle pas, souffla-t-elle à son oreille.

Maëlo voulait retirer sa main de celle d'Hayden. Le roi serra son étreinte.

— Ta grand-mère ne me contredira pas sur ce point ! ajouta-t-il.

Eldrid lâcha la main de ses petits-enfants. Hope approchait d'eux. Mila courut vers sa mère et l'agrippa de ses bras. Hayden se redressa, tenant toujours la main du petit garçon. Maëlo tirait sur son bras pour se dégager. Hayden fixait la jeune femme. Celle-ci stoppa devant lui, Mila dans ses bras.

— Je voulais que les enfants disent au revoir à leur futur père, lança Eldrid à sa fille.

— Je sais que vous n'aviez pas de mauvaises intentions, mère. Un au revoir poli aurait suffi, roi Hayden. Ce n'est pas la peine de les traumatiser !
Amaury fut soulagé. Hope ne laisserait pas ses enfants en proie au roi d'Amnésia sans prendre leur défense. Hayden lâcha la main du garçonnet. Mais au lieu de se faire cajoler par sa mère, il courut vers le chevalier et enlaça sa taille de ses bras. Tout le monde en fut surpris, même Hope.

— Ce n'est pas concevable ! s'offusqua la reine mère.
Hope leva sa main vers sa mère pour la faire taire. Elle posa Mila au sol et approcha de son petit garçon. Hope posa ses mains sur les épaules de celui-ci. Amaury ne s'était pas retourné au contact de l'enfant.

— Allez, Maëlo, on doit partir maintenant, soupira Hope.
Le petit garçon s'écarta du chevalier et donna la main à sa mère. Celle-ci s'agenouilla devant lui.

— Tu sais que maman t'aime, n'est-ce pas ?
— Oui, maman.
— Lorsque je ne serai pas là, il faudra que ce soit toi qui protèges ta sœur.
La petite fille se positionna à côté de son frère, l'air renfrogné et les bras croisés.

— Je peux me protéger toute seule, maman, ronchonna-t-elle.
Hope rit.

— Oui, je sais. Vous vous protégerez mutuellement, d'accord ?
Les enfants hochèrent la tête.

— Et vous protégerez aussi votre grand-mère et le roi, je compte sur vous !

— Oui, maman ! lancèrent les enfants.

— Maintenant, je vous laisse avec votre grand-mère. Soyez sage !

Hope embrassa ses enfants et les emmena à Eldrid. Celle-ci s'éloigna en leur compagnie et rejoignit le nouveau roi d'Oldegarde qui attendait les combattants sur les marches du palais.

!!!

La cour était remplie de villageois et de soldats réunis autour de la bête en acier. Ceux-ci attendaient les chevaliers du roi qui avait été désigné pour accomplir une mission dans les terres arides. Le roi d'Amnésia y participait. Amaury, qui marchait vers le dragon, attendit Maïlann. La jeune femme se plaça à côté de son ami.

— Veux-tu me parler de ce qui s'est passé avec les enfants de Hope ? demanda la jeune femme.

— Il n'y a rien à dire, Maïlann.

— Pourtant, je vois bien que tu es contrarié.

— Pourquoi ? Parce que mes enfants m'ont demandé d'être leur père et que je ne peux pas, puisqu'un autre prendra ma place à notre retour ! ragea-t-il.

Maïlann s'attrista pour son ami.

— Alors, tu sais, soupira-t-elle. Te l'a-t-elle dit ?

— Non, Maïlann. Mais je ne crois pas en son histoire ! Et Maëlo me ressemble, ce n'est pas une coïncidence.

Maïlann soupira.

— Si tu le dis, Amaury. Mais ne compte pas sur moi pour te soutenir lors de tes disputes avec Hope, ce n'est pas mon rôle. Vous êtes assez adulte pour vous débrouiller !

— Je ne te demande pas de m'aider, Maïlann.

— Tant mieux alors ! affirma la jeune femme.

Leur conversation cessa lorsque le roi Hayden se teint devant eux à côté de Hope. Hedda et les autres chevaliers se placèrent derrière nos combattants et les deux loups finirent la file. Les bottes de nos compagnons foulèrent le sol de la cour du palais.

— Ne faites plus peur à mes enfants, lança Hope à Hayden.

— Je suis désolé si ces enfants sont effrayés. Je voulais simplement qu'ils m'octroient un peu d'affection.

— Si vous voulez de l'affection, roi Hayden, commencez par être plus plaisant.

Hayden sourit amèrement.

— Donc, je ne suis pas plaisant ?

— Il faut être plaisant avec les enfants, la beauté et le charisme que vous dégagez ne suffiront pas à les attendrir.

Hayden contempla Hope. La jeune femme ne le regardait pas.

— Ma beauté ? Je te plais, finalement.

— Cela n'est pas le sujet, roi Hayden. Et Hope se tue.
Les villageois applaudirent nos compagnons de voyage. Ceux-ci stoppèrent devant les marches du château. Le roi Elyo leva sa main pour demander le silence.

— En ce jour, nos combattants se rendront en terres arides, pour débusquer le mal qui se répand dans ce lieu. Et ramener votre future reine ! Que notre Dieu les accompagne dans leur long voyage.

Nos combattants firent chacun grâce au roi et leurs jambes les portèrent jusque dans le ventre du dragon. Hope stoppa sur le seuil en acier, se retourna et contempla une dernière fois ses enfants en soupirant. Elle espérait simplement revenir pour les voir grandir. Elle avait hésité à partir ce matin lorsqu'elle leur avait dit au revoir en les serrant dans ses bras. Elyo lui avait promis de veiller sur eux. Hope savait qu'il serait choyé avec le souverain d'Oldegarde.

— Ne t'inquiète pas, Hope, tu reviendras, souffla Maïlann qui était positionnée à côté de la jeune femme.

— Je l'espère, Maïlann, je les aime tellement.

— Je ne veux pas m'immiscer dans vos vies à toi et à Amaury, Hope. Mais ne penses-tu pas que ce serait bon de lui dire la vérité durant ce voyage ?

Hope soupira.

— Je vais y penser, Maïlann.

La porte du dragon se referma et Hope se mit aux commandes. Elle activa les manettes et les ailes en acier se déployèrent. Les rouages tournèrent et le mécanisme vibra. Nos compagnons quittèrent l'immense bâtisse.

Le monstre prit son envol et les villageois les acclamèrent. Leur voyage commençait.

Vivre ensemble.

Le soleil se couchait sur la prairie du village de Vissera. Nos voyageurs avaient quitté le royaume d'Oldegarde et se dirigeaient vers Celesterre. À travers les yeux du dragon, les forêts étaient minuscules. Ils décidèrent de se reposer à l'orée du bois. Hope fit atterrir le monstre dans la prairie. Personne n'avait parlé durant le début de la quête. Ils descendirent du ventre de l'animal et Hope actionna le mécanisme d'invisibilité. Puis ils allumèrent un feu et se réunirent autour de celui-ci, assis sur des souches ou au sol. Hope contempla les jeunes gens. Elle ne connaissait pas très bien Erwan et voulait en savoir plus. Le jeune homme était plaisant à regarder, ses cheveux clairs bataillaient sur son crâne, sa barbichette cachait un menton carré, ses yeux noisette fixaient son amie Maïlann. Hope sourit. Se pourrait-il que ce jeune homme ait un faible pour la jeune femme ? Elle posa ensuite ses yeux sur l'homme qui accompagnait Hayden. Il était le plus âgé, cheveux brun coupé très court, des iris verts, de grands sourcils, un visage ovale, une barbe drue, de petites rides se formaient au coin de ses yeux et il avait une cicatrice apparente sur sa joue droite. Le calme régnait. Amaury était allongé sur le côté à même le sol, il s'occupait du feu. Hope tourna son visage vers Erwan.

— Cher Erwan, je vous connais peu. Pourrait-on en savoir un peu plus sur vous, si cela n'est pas indiscret ? demanda-t-elle.

L'intéressé redressa son visage, fier d'être enfin vu par la princesse.

— Non, cela n'est pas indiscret, princesse. Depuis que je suis enfant, je vis à Oldegarde. Je connaissais votre père et c'est lui qui m'a adoubé lorsque mon apprentissage fut fini. Il était bon.

Hope grimaça en regardant Hayden. Celui-ci ne ressentait rien.

— Et comment êtes-vous entré dans l'armée d'Oldegarde ? continua Hope.

— Je connaissais très bien Kiryan, il m'a pris sous son aile et je suis devenu rapidement son second.

— J'espère au moins que vous avez autant d'expérience que lui ! intervint Hayden.

Amaury se redressa et s'assit en fixant Hayden.

— Si vous voulez vous mesurer à Erwan, roi Hayden, je serai ravi de compter les coups ! lança le chevalier rageusement.

Hope soupira. Il fallait calmer les deux jeunes hommes.

— Amaury, nous ne sommes pas là pour nous mesurer les uns aux autres, je veux simplement connaître mes compagnons.

Le chevalier se tue, ingérant son amertume. Hayden sourit. Hope contempla l'homme assis près du roi d'Amnésia.

— Et vous ? Pourrait-on en savoir plus sur vous ? demanda-t-elle doucement.

L'homme regarda son roi qui lui donna la permission de parler.

— Je me nomme Lothaire. Je suis le chef de la garde du roi Hayden et je l'étais au temps du roi Torick. Je suis le plus ancien garde du royaume et le plus fiable… L'homme fronça les sourcils… J'étais présent lors de la bataille qui mena Torick à sa perte, ajouta-t-il.

— Avez-vous tué mes sœurs ? demanda Hedda.

— Quelques-unes, ainsi que des soldats du royaume d'Oldegarde.

— Étiez-vous au côté du roi Torick lorsque celui-ci a tué le roi Olden ? demanda Maïlann.

— Oui, je l'étais. C'est moi qui ai enfoncé la lame de mon épée dans le cœur des chevaliers qui voulaient l'aider ! affirma-t-il.

Hope retenait sa respiration. Elle ne voulait pas créer de conflit. Cet homme était un personnage cynique. Sa surveillance sera nécessaire tout au long de ce voyage.

— Bon, il serait temps de nous reposer, proposa-t-elle. Je suis d'avis de prendre la première garde de nuit.

— Non, princesse, tu ne peux pas, je vais le faire ! intervint Amaury.

Lothaire se leva de sa souche.

— Je vais prendre la garde la moitié de la nuit, lança-t-il. À vous de réfléchir qui sera le prochain.

Tout le monde, à part Hayden, le regarda étrangement. Ceux-ci n'avaient pas confiance en cet homme.

— Ne vous inquiétez pas, il ne vous nuira pas tant que je ne lui en donne pas l'ordre ! ironisa Hayden.

— Alors, réveillez-moi lorsque vous aurez fini, Lothaire, je prendrai la suite, intervint Hedda.

Tout le monde convenu des tours de garde qui interviendrait durant les nuits à venir lorsqu'ils dormiront sous le ciel étoilé. Hope s'allongea sur sa couverture en fourrure à côté de Maïlann, face au chevalier. Elle le contempla, celui-ci fixait le garde d'Hayden. Il ne dormirait pas maintenant. Hope ferma les yeux et s'endormit en se réchauffant auprès de son amie.

!!!

La nuit était calme. Lothaire ravivait le feu à l'aide de brindilles. Le chevalier avait cessé de le regarder et s'était enfin endormi. Il contempla les jeunes femmes du groupe. Maïlann était ravissante, Hedda, une guerrière accomplie, avec son charme, mais la plus appétissante restait certainement la princesse. Lorsqu'il était devenu garde du roi Torick, il allait souvent avec lui au royaume d'Oldegarde. Il était là lorsque l'alliance entre Amnésia et Oldegarde avait été convenue par le père de Torick. La princesse n'était encore qu'une enfant, mais elle était déjà une très belle petite fille et une sacrée guerrière. Son maître le rejoignit et s'assit à ses côtés.

— Avez-vous dormi, mon seigneur ? demanda-t-il.

— Oui, Lothaire. Je voulais te parler avant que cette mission commence, car je n'en ai pas encore eu l'occasion.

Ils chuchotèrent pour éviter qu'une oreille n'entende ce qu'ils avaient à se dire.

— Oui, messire, je vous écoute.

— Nous allons mener cette mission à bien et ramener la future reine en Oldegarde. Je ne veux en aucun cas que tu interviennes dans les querelles qui se dérouleront durant notre voyage, même si cela me concerne.

— Mais je dois vous protéger, sir !

— Je sais, Lothaire. Je veux que ces personnes croient en toi, qu'ils ne se méfient pas de toi, affirma Hayden.

Le garde fronça les sourcils.

— Vous avez sûrement quelque chose en tête pour me demander cela, sir ?

— Oui, en effet. Je te l'apprendrai plus tard. Pour l'instant, fais ce que je te dis !

— Très bien, mon roi.

Puis Lothaire se redressa.

— Je dois réveiller la guerrière ! lança-t-il. Allez vous rendormir, mon seigneur.

Hayden retourna à sa place en contemplant le chevalier. Un plan trottait dans sa tête et il avait le temps de le mettre en place.

!!!

Nos compagnons volèrent dans le dragon durant une journée entière à travers les nuages, survolant champs et villages. Celesterre se trouvait à quelques battements d'ailes mécaniques. Le tonnerre grondait, la pluie se mit à tomber du ciel. Hope devait poser l'animal de fer. Ce qu'elle fit dès que l'occasion se présenta. Ils prirent leurs armes et besaces et quittèrent la machine volante. Le rideau de disparition fut activé et nos combattants cherchèrent un abri. Une fois arrivés à Gornemon, premier village du royaume, nos amis se dirigèrent vers l'auberge du lieu. Ils s'assirent à une table et attendirent l'aubergiste. Ils ne passaient pas inaperçus avec les loups et, bien sûr, leur accoutrement. Tout le monde connaissait le roi Hayden et la princesse d'Oldegarde. Le maître des lieux arriva en personne pour prendre leur commande. Il fit une révérence.

— Bienvenue, mon seigneur, ainsi que vous, princesse. Que puis-je faire pour vous ?

Hayden contempla l'homme bedonnant.

— Nous voudrions de quoi nous nourrir et nous rafraîchir, aubergiste. Ainsi que des chambres pour la nuit !

— Nos chambres sont prises, mon seigneur, je suis désolé.

Hayden tendit une bourse à l'homme.

— Je suis sûr que vous en trouverez trois immédiatement pour votre roi ! lança Hayden.

L'homme prit la bourse remplie d'argent.

— Oui, mon seigneur. Et on vous apporte immédiatement votre nourriture… L'homme fit un clin d'œil au roi… Et si vous voulez de la distraction pour la nuit, des filles attendent près du guéridon. Cela sera gratuit pour vous !

Hayden regarda les filles de joie qui riaient et souriaient en dévisageant nos nouveaux arrivants.

— Je vous le ferai savoir le moment venu, aubergiste ! souffla Hayden.

L'homme partit vers ses donzelles et leur donna ses instructions. De la nourriture et de l'hydromel arrivèrent sur la table. Une gamelle de reste de nourriture fut donnée aux loups.

— Pourquoi demander trois chambres et non quatre, roi Hayden ? demanda Maïlann. La princesse ne devrait-elle pas avoir la sienne ?

— Une chambre pour mon garde et moi, une pour le chevalier et Erwan, tu partageras la troisième avec Hedda et la princesse.

— Oh, je vois que vous ne voulez pas que la princesse soit seule dans sa chambre au cas où un inconnu lui rendrait visite, ironisa-t-elle.

Hayden fixa la jeune femme de son regard noir.

— Un inconnu ou une personne de son entourage, lança-t-il en regardant le chevalier. À moins que celle-ci ne préfère partager ma couche et que tu dormes avec Lothaire ! se moqua-t-il.

Hope soupira.

— Cessons ces chamailleries et mangeons ! intervint-elle. Je peux dormir avec les filles, cela ne me dérange pas.

Nos compagnons mangèrent et burent tranquillement. Puis Hedda se leva et se dirigea vers l'aubergiste.

— Où pouvons-nous nous rafraîchir dans ce lieu, aubergiste ? demanda-t-elle.

— Si vous voulez vous nettoyer, non loin d'ici se trouve une auberge étuves. Vous pouvez faire ce que vous voulez dans les bains !

— Merci, aubergiste. Pouvez-vous m'indiquer la direction de ce lieu ?

— Oui, troisième maison sur votre droite en sortant d'ici.

Hedda rejoignit ses compagnons et leur indiqua le lieu de plaisance. Maïlann, Hope et la guerrière décidèrent d'y aller ensemble. Amaury, ainsi qu'Erwan, les suivirent. Le roi d'Amnésia et son garde se dirigèrent vers les dames de compagnie et en choisirent une chacun qu'ils emmenèrent aux bains. Les deux loups restèrent à proximité des chambres attribuées à nos compagnons.

!!!

Hedda demanda des bains au tavernier. Celui-ci indiqua qu'il ne restait que deux pièces libres contenant plusieurs baquets. La femme guerrière fit la grimace et se tourna vers la princesse.

— Comment fait-on Hope ? demanda-t-elle.

La princesse posa son regard sur le roi Hayden et son garde, ainsi que les filles qui l'accompagnaient. Ceux-ci voulaient certainement faire autre chose que se nettoyer ! Et elle n'avait pas envie de participer, et ses amis non plus.

— Prenons-en une, laissons la seconde au roi Hayden et à son garde ! affirma-t-elle.

— Hope, nous pouvons revenir plus tard, lança Amaury.

La princesse approcha du chevalier et son regard se posa dans celui du jeune homme.

— Non, Amaury. Nous sommes adultes et les bains sont mixtes, cela ne dérange personne.

Le chevalier approcha son visage de Hope et susurra à son oreille tout en caressant son bras :

— Tu as raison. Mais te voir nue ravivera beaucoup de souvenirs en moi et je…

Il fut interrompu par le roi Hayden.

— Le chevalier et son ami devraient nous accompagner ! lança celui-ci.

Hope posa sa main sur le torse d'Amaury et le poussa doucement pour se positionner devant le roi.

— Pour qu'ils regardent votre orgie, roi Hayden ? demanda sévèrement Hope.

Hayden approcha son visage de Hope. Sa bouche se retrouva au-dessus de celle de la jeune femme.

— Ils peuvent participer, je peux partager, souffla-t-il.

Hope frôla sa bouche contre celle du roi.

— Non, Amaury ne le fera pas, susurra-t-elle.

Hayden redressa son visage et fixa le jeune homme brun.

— Et toi ? Veux-tu t'amuser et te rafraîchir en même temps ? demanda-t-il à Erwan.
Celui-ci ne savait pas quoi faire. Il hésitait.
— Vas-y si tu le souhaites, Erwan, exprima Amaury.
— Je ne vais pas te laisser seule avec les dames ! lança Erwan.
Amaury sourit et posa sa main sur l'épaule du jeune homme.
— Ne t'inquiète pas, mon ami, si celles-ci devaient me sauter dessus, je les laisserais faire ! ironisa-t-il.
Erwan savait très bien que la princesse et ses deux amies ne se comportaient pas ainsi. Il décida de suivre le roi Hayden. Le roi souffla quelque chose à l'oreille de son garde et la femme qui était à son bras agrippa Erwan. Celui-ci hoqueta de surprise.
— Laissez-vous aller, soldat ! lui lança le roi.
— Vous ne venez pas avec nous finalement ? interrogea le jeune homme.
— Je vais suivre la princesse, affirma celui-ci.
Tout le monde fut surpris, sauf Lothaire. Le soldat et le combattant entrèrent dans la première pièce, accompagnés des filles de joie. Hedda ouvrit la deuxième porte. Quatre baquets étaient remplis d'une eau propre et fumante sentant le parfum de rose. Des pétales flottaient sur le liquide transparent. Un large lit se situait au fond de la pièce. Il fallait réfléchir.

!!!

Maïlann prit la parole en premier.

—Je vais avec Hedda dans un des bains, Hope pourra être seule ainsi qu'Amaury et le roi.

Les filles ôtèrent leurs vêtements. Hope prit son temps tout en contemplant le chevalier. Amaury se retrouva nu et se glissa dans le bassin. Les filles étaient béates devant une telle beauté. Maïlann reprit ses esprits et entra dans l'eau en emmenant Hedda. Hope remonta sa chemise et la fit glisser sur son corps. Sa nudité s'exposa aux yeux de tous. Amaury posa sa tête sur le baquet, car il ne voulait pas la contempler, son entrejambe se dressait déjà dans l'eau. Hayden fixait le corps de la jeune femme. Celui-ci était si parfait, si désirable. Hope ne fit pas attention à ses compagnons qui étaient obnubilés par sa beauté. Elle enjamba le bassin et s'assit dans celui-ci. L'eau était agréable. Hayden fut le dernier à se dévêtir. Il prenait son temps tout en souriant. Il savait que les femmes de la pièce le contemplaient. Lorsqu'il se retrouva nu, celles-ci en restèrent bouche bée. Maïlann posa les yeux là où il ne fallait pas et fut surprise. Cet homme était à la fois attirant et bien bâti. Une ligne de duvet noir montait de son nombril jusqu'à sa poitrine et dessinait les courbes de celle-ci et il possédait un corps d'athlète. Le cœur de Hope palpita. Une bouffée de chaleur monta en elle. Elle glissa son visage dans l'eau pour la faire disparaître. Hayden entra dans le liquide tiède. Amaury avait ouvert un œil et il avait aussi regardé Hayden. Le choix était de taille, il devait bien l'admettre.

— Pourquoi avez-vous abandonné une distraction intéressante pour venir avec nous, roi Hayden ? demanda Maïlann.

L'intéressé se redressa dans son bain et fixa la jeune femme.

— J'aurai tout le temps de me distraire en chemin, Maïlann.

— Vous n'avez pas répondu à ma question ! renchérit Maïlann.

La jeune femme savait titiller le roi, ce qui l'agaçait parfois, mais celui-ci ne lui en tient pas rigueur, vu qu'elle protégeait son ami le chevalier. Hedda donna un coup de coude à Maïlann pour lui demander de cesser. C'est le chevalier qui répondit à son amie.

— Car il ne veut pas que la princesse soit seule en ma compagnie, suggéra-t-il.

— Mais vous n'êtes pas seuls, nous sommes avec vous, Hedda et moi, affirma la jeune femme.

— Il n'a pas confiance en toi, Maïlann, et Hedda est une guerrière, donc, une alliée de la princesse.

Hayden ne répliquait pas. Il contemplait Hope qui passait le savon sur sa peau sans réagir.

— Pourtant, je vous ai dit que vous pouviez avoir confiance en moi, roi Hayden, réagit Hedda.

Hope soupira. Maïlann tourna son visage vers Hedda.

— Oui. La reine mère m'a demandé de surveiller Hope et ses agissements. C'est ce que je fais. Je suis les ordres. Pour le bien du royaume d'Oldegarde, avoua la guerrière.

Le roi d'Amnésia fut ravi de la réponse d'Hedda. Hope se redressa pour passer le savon noir sur sa peau. Ce qui fit taire ses congénères. Amaury ferma de nouveau les yeux. Hedda et Maïlann commencèrent à frotter leur peau. Hayden contempla la princesse. Le savon glissait sur son corps doucement. Elle le passa sur ses seins, entre ses jambes. Le roi eut une érection. Heureusement que le bain cachait celle-ci. Il regarda en direction du chevalier et comprit pourquoi celui-ci fermait les yeux. Hope se rinça et sortit de l'eau. Elle s'essuya à l'aide du drap posé sur un guéridon près de son baquet.

— Il est temps de rentrer à l'auberge, lança-t-elle. Nous devons nous reposer.

Elle se rhabilla rapidement. Hedda et Maïlann firent de même. Le chevalier sortit à son tour du bassin et se revêtit. Ils sortirent de la pièce, laissant le roi seul. Finalement, celui-ci se décida à partir, mais ne se rhabilla pas. Il prit juste ses vêtements et rejoignit son garde dans l'autre pièce. Les deux hommes étaient déjà en pleine orgie. Le roi laissa choir ses habits sur le sol et rejoignit les jeunes gens sur le grand lit. Erwan lui laissa la place et Hayden donna sauvagement des coups de reins dans la femme de joie qui le désirait. Hope l'avait émoustillé et il devait assouvir son désir.

Hope et Amaury

𝕽𝖆𝖕𝖕𝖗𝖔𝖈𝖍𝖊𝖒𝖊𝖓𝖙.

Hope se préparait à poser le dragon de fer. Elle était silencieuse depuis un moment. Elle ne participait pas aux conversations de ses compagnons. Elle se concentrait. Bientôt, ils seraient dans les terres arides ! Hayden se redressa de son siège et avança vers la jeune femme. Il posa sa main sur celle de Hope qui tenait le levier et approcha sa joue contre celle de la princesse. La jeune femme frissonna.

— Si cela est le nécromancien qui cause des ennuis dans les terres arides, commença-t-il, alors, il serait plus sage de laisser le dragon ici et de continuer à pied, Hope.

— Pourquoi ? demanda Maïlann.

Hayden tourna son visage vers celui de la jeune femme brune sans pour autant quitter Hope.

— Car celui-ci pourrait retourner le dragon contre nous, suggéra-t-il.

— Mais un nécromancien ne relève que les morts, pas une machine ! expliqua Hedda.

— Nous ne sommes pas sûrs, lança Hayden. Si la magie de celui-ci active le dragon, nous sommes perdus.

— Avez-vous déjà vu des machines volantes dans les terres arides, mon seigneur ? demanda Lothaire.

— Non, Lothaire. Et je pense qu'il est préférable que cela reste ainsi, soupira le roi d'Amnésia.

Il reposa ses yeux sur le visage de Hope lorsque celle-ci intervint :

— Très bien. Le dragon finit son chemin ici ! affirma-t-elle. Nous continuerons à pied… elle tourna son visage vers celui d'Hayden et leurs lèvres se rapprochèrent… savez-vous la direction à prendre, roi Hayden ? interrogea-t-elle.

— Oui, Hope, souffla-t-il.

Tout le monde prit ses affaires et ils descendirent du ventre de la bête d'acier. Celui-ci fut recouvert de son rideau d'invisibilité et nos compagnons prirent la route. Ils firent une halte à l'orée d'une forêt pour se reposer lorsque la nuit tomba. Erwan s'occupait du feu. Hope se trouvait à l'écart de nos compagnons, assise sur un tronc d'arbre couché au sol. Depuis leur séjour au village de Gornemon, celle-ci était distante avec ses amis. Les remarques et les chamailleries de ses semblables ne la distrayaient nullement. Quelque chose pesait sur son cœur. Maïlann la contempla un moment. Elle se décida à lui parler et comprendre ce qui ennuyait son amie. Elle vint s'asseoir à ses côtés. Elles étaient assez éloignées des autres pour pouvoir discuter tranquillement.

— Qu'as-tu, Hope ? Je te sens distante depuis notre départ de la ville, demanda-t-elle.

— Je ne comprends pas ce que tu veux dire, soupira Hope.

— Je te connais, princesse. Et tu sais que tu peux tout me dire sans que j'aille l'ébruiter.
— Je sais, Maïlann. Mes enfants me manquent.
Maïlann approfondit ses questions.
— Je sais, mais il n'y a pas que ça ! Parle-moi, cela te fera le plus grand bien. Et je peux peut-être t'aider ?
Hope regarda son amie. Maïlann attendait. C'est vrai, elle devait en parler.
— Très bien, commença-t-elle. Je suis perdue, Maïlann.
— Comment ça ?
— Depuis ce bain pris entre nous à Gornemon, je me pose des questions.
— Lesquelles, Hope ?
La princesse prit la main de son amie dans la sienne.
— À propos d'Hayden et d'Amaury. Lorsque j'ai vu le roi nu, j'ai contemplé son corps et j'ai ressenti…
Hope se tue. Maïlann sourit.
— Je vois, tu as ressenti du désir, comme moi et sûrement Hedda. Cela est normal lorsqu'on aperçoit un bel homme, bien bâti de surcroît, nu devant soi ! Tu as envie de l'agripper et de faire des choses avec lui, même si celui-ci t'est inconnu !
— Oui, mais… lorsqu'il a posé sa main sur la mienne dans le dragon, j'ai frissonné. Cela est perturbant et je dois vraiment réfléchir à ce qui convient de faire, Maïlann. Crois-tu que je devrais choisir ?
— Le destin d'Oldegarde a choisi pour toi, princesse. Mais il faut écouter ton cœur.

Hope se rembrunit.

— C'est cela qui m'inquiète, Maïlann. Mon cœur ne sait plus où il en est !

— Je ne peux pas t'aider à choisir, Hope. Le seul conseil que je peux te donner, c'est que tu dois réfléchir au pour et au contre. Ce qui est juste et injuste.

— Penses-tu que je dois les ignorer durant les jours restants du voyage ?

— Les ignorer serait un bon début. Mais tu es déjà éprise d'Amaury et je pense qu'Hayden ne te laisse pas indifférente. Alors, le jour où tu auras bien réfléchi à cette situation, demande-moi mon aide, Hope !

— Pourquoi moi, Maïlann ?

Maïlann prit les deux mains de Hope dans les siennes et l'embrassa sur la joue.

— Parce que tu es une princesse et que tu es une magnifique femme. Et tu n'as plus seize ans, tu sauras faire le bon choix !

— Merci, Maïlann.

Les deux jeunes femmes retournèrent auprès de leurs compagnons et mangèrent la viande de lapin qu'Erwan avait préparée.

!!!

Hope se réveilla brutalement cette nuit-là. Son cœur palpitait, elle ressentait des bouffées de chaleur. Elle se redressa doucement. Tout le monde dormait profondément sauf Hayden qui montait la garde. Elle soupira et alla le rejoindre sur le tronc d'arbre. Celui-ci lui laissa une place.

— Avez-vous fait un cauchemar, princesse ? demanda-t-il.

— Oui, je crois.

— Et vous n'arrivez plus à dormir, je suppose.

— Oui… Hayden.

Le roi posa son regard sur Hope.

— Donc, c'est moi que vous venez voir pour parler ?

La princesse soutenait le regard noir du roi. Elle approcha son visage du jeune homme.

— Je n'avais jamais remarqué le brun profond de tes yeux, Hayden. Lorsque tu n'es pas en colère, ceux-ci peuvent être brillants et plus clairs.

Le roi fut décontenancé.

— Les formules de politesse ne nous concernent plus, Hope ? demanda-t-il.

Les lèvres de la princesse approchèrent de celles d'Hayden. Le roi passa sa main sur le visage de la jeune femme et dans sa chevelure rousse.

— Si nous devons être mariés, Hayden, je veux que tu sois mon mari et non mon roi, susurra Hope.

— Je suis d'accord avec toi, Hope. Cela me pèse.

Lorsqu'il voulut embrasser la princesse, celle-ci prit les mains d'Hayden dans les siennes et se redressa du tronc où elle était assise.

— Qu'il en soit ainsi, Hayden, je vais me recoucher.

Elle s'en alla. Le roi la contempla en fronçant les sourcils. Que lui arrivait-elle ? Celle-ci était si distante depuis leur passage en Gornemon. D'ailleurs, il se rendait compte qu'elle l'était aussi avec le chevalier. Se pourrait-il qu'elle ait changé d'avis à son sujet ? Si c'était le cas, le plan qui trottait dans sa tête depuis leur départ serait plus facile qu'il ne le pensait. Il en fut joyeux.

!!!

Nos amis reprirent leur chemin dès l'aube et ils suivirent Hayden jusqu'au pied de la montagne. Amaury, ainsi que le roi firent le tour des parois qui se trouvaient devant eux. Ils revinrent chacun avec une mauvaise nouvelle.

— Il n'y a qu'un chemin étroit et abrupt, affirma Amaury.

— Nous devons gravir la montagne ! Les terres arides se trouvent derrière celle-ci, lança Hayden.

— Cela aurait été plus simple avec le dragon ! déclara Erwan. Vous ne vous souveniez pas de cette montagne, roi Hayden ?

Hayden commençait à avancer.

— Cela fait un long moment que je ne suis pas venu, Erwan. J'étais très jeune. Et cette montagne est bien haute à présent !

— Alors, laissez-nous souffler un instant avant de gravir cette roche, recommanda Hedda.

Hayden sourit à la femme guerrière.

— Faites ! vous le pouvez ! répondit Hayden.

Nos compagnons burent quelques gouttes d'hydromel et se rassasièrent de morceaux de viandes séchées. La princesse demanda à Hedda de lui tresser les cheveux. Elle posa ensuite sa besace remplie de ses inventions sur son épaule. Elle attacha son arbalétrière à son bras, aider de la guerrière. Hayden contempla la chose.

— Est-ce ta nouvelle création ? demanda-t-il.

— Oui, celle qui m'a pris beaucoup de temps ! Il est temps de la faire fonctionner ! lança-t-elle fièrement.

— On dirait une arbalète, souffla-t-il.

— Cela en est une ! Plus petite et moins encombrante que celle que tu portes à la taille.

Hayden sourit. Il fixa son arme, dubitatif. Hedda approcha sa bouche de l'oreille de la princesse.

— Vous êtes devenu familier de nouveau, princesse ? s'étonna-t-elle.

— Oui, Hedda.

— Et pour nous ? demanda Maïlann, doit-on rester polis avec le roi ?

Hope se dirigea vers la montagne.

— À lui de décider, Maïlann !

La jeune femme brune fixa le roi.

— Doit-on être poli, roi Hayden ?

Celui-ci approcha de la femme et la fixa dans les yeux.

— Cela sera comme vous le souhaitez, Maïlann. Après tout, moi je reste familier avec vous ! Et nous sommes amis à présent.

Maïlann écarquilla les yeux. Amaury pestiféra.

— Nous ne sommes pas tes amis ! lança-t-il rageusement en passant devant le roi pour rejoindre Hope.

En voilà au moins un qui se moque des bonnes manières ! pensa Hayden. Nos compagnons commencèrent à gravir la roche. Parfois, la pierre était glissante et il fallait faire attention à ne pas se rompre le cou. Ils s'éloignèrent des cinq royaumes pour entrer dans un lieu inconnu. Les loups, plus agiles et plus attentifs au danger, montraient la direction à prendre. Lorsque le chemin était étroit, nos amis marchaient en file indienne, et pour certains d'entre eux, regarder en bas leur donnait le vertige. Ce qui fut le cas pour la princesse. Leur avancée était lente et prudente. Des pierres de la roche se détachaient de leur socle sous leurs pas. Le pied de Hope glissa. Pourtant, la princesse faisait bien attention ! Elle voulut se rattraper sur la roche avec sa main, mais ne trouva pas d'appui. Elle bascula. Celle-ci fut rattrapée par des bras avant qu'elle ne tombe dans le précipice. Son cœur battait la chamade. Hope avait eu très peur. Cela avait été si rapide. Les bras du chevalier la serraient contre lui, collés à la paroi. Son visage était proche de celui de la jeune femme.

— Reste avec nous, lui souffla-t-il.

Hope contempla les lèvres du jeune homme. Une voix s'éleva derrière eux.

— Est-ce que tu vas bien, Hope ? demanda le roi.

La princesse s'écarta d'Amaury.

— Je vais bien, Hayden, le rassura celle-ci. Continuons à avancer ! Et ils se remirent en route.

!!!

Leur ascension de la montagne prit plusieurs heures de marches. Le soleil se couchait. Ils arrivèrent enfin en haut de cet amas de rochers. Le froid les fit frissonner. L'air était plus frais en hauteur et la neige poudreuse tapissait le sol de la montagne. Chacun s'enveloppa dans leur cape de peau ou de laine et décida de trouver un abri un peu moins glacial pour y passer la nuit. La descente avait l'air moins abrupte que la montée. Un chemin de terre était visible parmi les rochers. Ils l'empruntèrent. Ils trouvèrent une petite clairière tapie dans la roche. Hayden contempla les lieux.

— Nous pouvons faire halte ici pour la nuit, si cela vous convient ? interrogea-t-il.

Tout le monde le regarda, hébété. Même son garde.

— J'attends de vous que vous me répondiez, ajouta-t-il.

— Depuis quand as-tu besoin de notre consentement ? demanda Amaury amèrement.

— Cela va de soi, Amaury. Nous faisons partie de la même troupe. Je ne veux aucune rancœur durant notre quête. Je serai plus apte à vous concerter, soupira Hayden.

Amaury rageait, ses poings se fermaient, son visage se crispait. Maïlann posa ses mains sur ses épaules.

— Très bien, lança-t-elle. Hayden a raison, faisons halte pour la nuit ! Et elle prit la main d'Amaury dans la sienne pour l'emmener à l'écart.

Ils ôtèrent leur peau et l'installèrent au sol. Erwan et Lothaire se dévouèrent pour chercher des branches qui attiseraient un feu. Les deux compères s'étaient rapprochés depuis leur fameuse nuit à Gornemon. Hope posa ses mains sur la roche. Hayden approcha de la jeune femme.

— Que cherches-tu ? demanda-t-il.

Hope tâtait la pierre tout en contournant le roi.

— Mon père m'a appris que lorsque de la chaleur sortait de la roche, c'est qu'une source avait fait son nid, souffla-t-elle.

Hayden se positionna derrière Hope et posa ses mains sur les siennes. Leurs corps se rapprochaient.

— Alors, laisse-moi chercher avec toi, princesse, susurra-t-il à son oreille.

Hope s'immobilisa. Que faisait-elle ? Hayden donna un baiser sur son cou.

Maïlann fit assoir Amaury sur un rocher, loin de ses compagnons. Celui-ci était en colère. Il contemplait la princesse de là où il se trouvait. Ce qu'il voyait le rendait malheureux.

— Si tu continues ainsi, Amaury, quelqu'un sera blessé ! gronda la jeune femme.

— Je l'ai perdu, Maïlann ! avoua le chevalier.

Maïlann s'assit à côté de son ami et regarda en direction de Hope.

— Écoute-moi, mon ami. Je vais te dire ce que la princesse ressent, comme toute femme ressentirait lorsque deux hommes qui se valent lui font la cour.

— Hayden ne me vaut pas ! ragea Amaury.

— Le penses-tu vraiment, Amaury ? Il sait se battre, il est charismatique, bel homme, et vous avez tous les deux un rang que l'on doit respecter !

Amaury grimaça. Maïlann voyait la peine dans ses yeux.

— Mais je dois bien admettre qu'il n'a pas encore acquis l'altruisme que tu as depuis ta plus tendre enfance.

— Durant ces quatre années d'absences, Hope a appris à connaître Hayden, soupira-t-il. Je vois bien qu'ils se sont rapprochés.

— Je t'assure que Hope ne s'est jamais rapproché d'Hayden durant ton absence. Car elle savait que tu reviendrais ! Mais c'est sûr que de faire ce voyage en sa compagnie ne va pas t'aider, mon ami. Et il fait tout son possible pour être prévenant en son égard.

— J'ai envie de le tuer ! gronda Amaury.

— Non, Amaury. Soit plus subtil que lui ! conseilla la jeune femme. Et durant ce voyage, Hope saura lequel de vous deux pourra être son véritable amour.

Puis Maïlann se redressa en caressant l'épaule de son ami. Elle alla ensuite rejoindre la princesse pour faire obstacle au nouveau lien qui l'unissait au roi.

— Princesse, que cherches-tu sur cette roche ? lui demanda-t-elle.

Hope s'écarta d'Hayden et prit les mains de son amie dans les siennes.

— Nous devrions trouver une source chaude dans cette roche !

—Je vais t'aider à la chercher ! lança gaiement Maïlann en contemplant Hayden.

Le roi lui sourit amèrement. La jeune femme se moquait de lui. Mais il n'était pas en colère. Il la trouvait plutôt attirante. Hope et Maïlann tombèrent sur une petite grotte qui était dotée d'une source chaude. Elles en firent part à leurs compagnons et ceux-ci décidèrent de s'y installer pour la nuit. Les loups restèrent à l'extérieur pour monter la garde. Chacun se prélassa dans l'eau tiède. D'abord les femmes, puis les hommes. Ensuite, ils se nourrirent de viande séchée et de fruits frais. Ils passèrent une nuit tranquille. Au petit matin, nos combattants reprirent la route et aboutirent au pied de la montagne. Ceux-ci écarquillèrent les yeux. Ils ne s'imaginaient pas les terres arides ainsi ! Ce royaume portait bien son nom.

Danger.

Nos amis contemplèrent la plaine de sable qui n'en finissait pas. Ils devaient pourtant avancer ! Contrairement à ce qu'ils pensaient, le sol du désert était dur. Hayden avança en premier. Quelques souvenirs lui revinrent de cet endroit et il fallait se munir de babioles dont ils auraient besoin en chemin. Quelque chose attira le regard de Hope. Un étrange engin était immobile dans la dune. Celle-ci se dirigea vers Hayden qui arrivait à la hauteur de cette chose.

— Qu'est-ce que c'est ? lui demanda-t-elle.

Le roi était déjà en train de regarder à l'intérieur de l'engin.

— J'ai vu ces choses lorsque j'étais enfant. C'est une carcasse de machine roulante.

Leurs compagnons stoppèrent devant la chose et la contemplèrent. Amaury en fit le tour. Il toucha la machine.

— Cela est construit en fer et en rouage, comme les dragons d'Oldegarde, souffla-t-il.

Hayden trouva ce qu'il cherchait. Hope approcha de lui et scruta les trouvailles.

— On dirait des lentilles biconvexes !

La jeune femme, intriguée par ces lentilles, approcha son visage de celui d'Hayden et se positionna contre lui, touchant les objets dans les mains de celui-ci.

— Ce sont des goggles. Cela protège tes yeux du soleil du désert et du sable. Tu les attaches avec ce cordon derrière ta tête. Mais je n'en ai trouvé que trois, pour l'instant.

Hope posa son regard dans celui du roi.

— Pouvons-nous en trouver d'autres ? demanda-t-elle, enthousiaste.

Hayden savait qu'à partir de ce moment-là, il intéresserait la princesse. Lui seul connaissait les coutumes des gens qui habitaient ce royaume ainsi que les dangers qui pouvaient apparaître.

— Je le pense, oui, Hope. Si nous rencontrons des nomades, ils nous fourniront des goggles et sûrement des chèches.

— Des chèches ?

— C'est un morceau de tissu que tu peux humidifier et que tu portes autour de ta tête et du cou.

— Les nomades, c'est comme cela que l'on appelle les gens demeurant dans ce royaume ? demanda Hedda.

Hayden était le centre de l'intention. Il était ravi.

— Oui. Nous avons aussi des jafards, des personnes malveillantes, souvent en groupe. Et bien sûr, le nécromancien.

— Est-ce que le désert s'arrête à un moment ou est-il infini ? lui demanda Erwan.

Hayden plissa son nez. Ce qui fit sourire Hope.

— Je n'en ai jamais fait le tour, malheureusement. Je ne pourrais pas le dire. Mais je sais qu'il existe des villages et des campements sur le chemin.

Hope prit une paire de goggles entre ses mains et courut vers Amaury. Le jeune homme explorait toujours l'engin. La princesse se positionna derrière lui et posa les lentilles sur les yeux du chevalier, ensuite, elle les attacha derrière sa tête. Elle prit le visage de celui-ci entre ses mains et le contempla.

— Comment est-ce ? Me vois-tu ?

La jeune femme était excitée à l'idée de trouver de nouvelles choses. Amaury prit les mains de Hope dans les siennes et approcha son visage de celui de la princesse. Leurs lèvres se touchant presque.

— Oui, je te vois, Hope. C'est un peu sombre, mais si cela protège du soleil, c'est une bonne invention !

— Nous devons avancer, intervint Hayden.

Hope lâcha les mains du chevalier et rejoignit le roi qui marchait devant.

— Crois-tu que certains de ces engins fonctionnent ?

— Sûrement quelques-uns.

— Et sais-tu comment faire avancer cette machine ?

Hayden sourit. Il approcha sa bouche de l'oreille de Hope.

— Moi, non, susurra-t-il. Mais je suis certain que tu pourras le faire fonctionner, ma princesse. Tu es très intelligente !

Hayden posa sa main sur la taille de la jeune femme.

— Penses-tu que mon père faisait du commerce avec le peuple du désert et que ceux-ci aient créé ces choses avec le matériau de mon royaume ? demanda-t-elle.

Hayden serrait la princesse contre lui. La jeune femme ne s'en rendit pas compte.

— Peut-être, Hope. Nous en saurons plus lorsque nous trouverons des personnes auxquelles poser des questions.

Amaury était en retrait avec Maïlann. Il soupira en regardant les lentilles. Son amie posa sa main dans la sienne.

— Elle est juste enthousiasme de ce qu'elle découvre, Amaury. Et Hayden connaît les coutumes de ce lieu. Hope est impressionnée.

— Justement, Maïlann, je ne peux pas rivaliser sur ce point avec lui.

— Je te l'ai dit ! Soit subtil et inventif !

Hedda comprenait le chevalier. Ce n'était pas facile d'aimer un être qui n'était pas du même rang que vous. Lothaire suivait son roi. La princesse était une magnifique femme, très persuasive, très intelligente. Elle avait tenu un royaume d'une main de fer et elle ferait une très bonne reine pour Amnésia. En même temps, cela le faisait sourire, car son côté enfant était toujours présent en elle. Ils avancèrent sans trop savoir où se trouvait le domaine du chef touareg. La future reine d'Oldegarde était sa fille.

!!!

Le soleil brillait dans le ciel du désert. Pour l'instant, nos amis n'avaient trouvé que des campements abandonnés sur leur passage. Dénichant d'autres lentilles biconvexes et foulards. Leur gourde remplie d'hypocras ou d'eau bouillie était presque vide. La nourriture manquait. Hope et Hayden devaient envelopper les pattes de leur loup d'un tissu humidifié pour que ceux-ci ne s'abîment pas les coussinets. Les canidés stoppèrent soudainement en grognant. Nos compagnons ôtèrent leur épée de leur fourreau. Hope tendit son arbalétrière devant elle. Un bruit se fit entendre au loin. Ils ne l'identifièrent pas. Celui-ci était étrange. Du sable virevoltait à l'horizon, formant une nuée de poussière. Puis, deux engins roulants firent leur apparition. Des hommes se trouvaient à l'intérieur, hurlant d'extase.

— Des jafards ! Dispersons-nous ! hurla Hayden. Nous ne devons pas rester en groupe !

— Comment ça ? demanda Amaury.

— Ils vont chasser ! Il faut les prendre par surprise pour attaquer et ruser, chevalier.

— J'espère que ceux-ci n'ont que des épées, lança Hedda.

— Ils n'en ont pas vraiment besoin, souffla le roi. Leurs engins peuvent nous écraser, cela suffit.

Hope pensa soudainement à la poudre noire ! Mais connaissant son père, jamais il n'aurait échangé un outil si précieux, ainsi que les arbalètes. Elle serra sa besace contre elle. Les petites choses à l'intérieur serviraient sûrement ! Les machines roulantes arrivèrent sur eux. Nos amis se mirent à courir en se dispersant. Les hommes ne furent pas chassés par les engins. Celles-ci se dirigeaient vers les femmes du groupe. Hope voulait décocher ses petites flèches, mais à cette distance et avec cette vitesse, cela ne servirait à rien. Sa louve courait à ses côtés, protégeant sa maîtresse de toutes attaques. Maïlann courait en zigzag, mais la machine faisait des allées et venues à côté d'elle, les hommes qui se trouvaient sur celle-ci s'excitaient. Leur visage était tatoué de plusieurs dessins, ainsi que leurs bras. La jeune femme n'apercevait pas les armes qu'ils possédaient. Soudain, quelque chose arriva sur elle. Celle-ci fut prise au piège dans un filet en acier. Maïlann roula au sol en se débattant, mais elle n'arrivait pas à se dégager de ce piège. Elle fut immobilisée sur place. L'engin continuait sa route, cherchant une nouvelle proie. Amaury, qui aperçut son amie en mauvaise posture, courut vers la machine roulante et arriva à la hauteur de celle-ci. Les hommes ne le voyaient pas. Il sauta à l'arrière de l'engin et agrippa un homme par le cou. Ceux-ci tombèrent à la renverse sur le sable. Le chevalier tenait toujours l'homme qui se débattait. Il arriva à se dégager de l'emprise d'Amaury et se redressa rapidement, faisant face au chevalier, tenant une grande lame dans sa main droite. Cela ressemblait à une épée confectionnée avec du matériau recyclé. L'homme se jeta sur le chevalier avec une fureur ardente. Il lui donna des coups d'arme blanche qu'Amaury esquiva sans difficulté. Son adversaire ne réfléchissait pas, il était agressif et ses mouvements confus. Le jeune homme n'eut pas le moindre mal à repousser son assaillant et lui assimiler un coup d'épée qui lui traversa la poitrine. L'homme s'écroula au sol. Amaury approcha de l'individu et vérifia que celui-ci était bien mort. Il le contempla un moment. Il portait des vêtements légers. Le torse apparent sous ce qui ressemblait à un tabard en cuir. Le corps de l'homme était marqué par plusieurs tatouages ainsi que le côté droit de son visage. Ses cheveux étaient rasés. Amaury le dépouilla de ses drôles de lunettes et de son grand morceau de tissu qu'il portait autour du cou. L'engin se dirigeait vers lui. Les hommes revenaient. Amaury courut vers Maïlann avant que la machine roulante ne l'atteigne. Il examina le filet et le souleva pour que la jeune femme puisse s'en échapper. L'engin tourna autour d'eux, les encerclant, formant de la poussière. Amaury et Maïlann ne voyaient plus. Ils mirent le morceau de tissu sur leur bouche et s'apprêtaient à l'attaque. Amaury repensa aux goggles et les positionna sur ses yeux. Il donna celles de l'homme mort à Maïlann. Hedda les rejoignit.

Erwan et Lothaire cherchaient à tâtons leurs compagnons, aveuglés par la poussière de sable. Ils positionnèrent les lentilles biconvexes sur leurs yeux. Hope courait toujours, ne sachant pas où aller. Elle portait les lunettes qui étaient parfaites pour ne pas avoir du sable dans les yeux. Soudain, elle se retrouva plaquée au sol. L'engin stoppa à côté d'elle. La louve bondit sur l'homme qui neutralisait sa maîtresse. Elle le mordit au cou. Celui-ci hurla et quelque chose heurta le canidé de plein fouet. Gaya fut propulsée loin de sa princesse. Hope put se relever et actionna un carreau qui se trouvait dans son arbalétrière. Celui-ci se planta dans la gorge de l'homme qui s'écroula sur le sable. Elle redressa son bras et fit face aux trois autres jafards qui la fixaient rageusement. Ces hommes étaient différents des personnes qu'elle côtoyait. Ils ressemblaient à des Vikings par leurs tatouages et leurs cheveux rasés sur les côtés du crâne, mais leur peau était foncée et pour ceux qui avaient les yeux découverts, leur regard était hanté. Ils possédaient des iris blanchâtres. Pour la princesse, ce n'était pas normal ! Les trois hommes avançaient vers Hope. La jeune femme recula. Son dos heurta une dune. Elle se sentait piégée. Elle enfouit sa main libre dans son sac et en sortit une de ses créations. Hope attendit, le souffle court. Lorsque ses assaillants se mirent à l'attaquer, elle déclencha le mécanisme de la coccinelle et lança celle-ci sur un jafard. L'explosion fut assez brutale pour l'homme qui hurla de douleur. Les deux autres ne se soucièrent pas de lui et continuaient leur assaut. Hope sortit son épée de son fourreau, son arbalétrière ne servait à rien à cette distance. Mais les hommes face à elle ne brandissaient pas leur arme. Il tournait autour d'elle, essayant de l'agripper. Hope les repoussa de sa lame. En fait, elle comprit qu'ils ne voulaient pas tuer les femmes de son groupe, mais les capturer. Pourquoi ? Malheureusement, elle n'avait pas la réponse. Soudain, une grosse masse noire sauta par-dessus l'engin et immobilisa un assaillant au sol. Son compère vit arriver Hayden et sortit son arme d'acier en hurlant. L'affrontement commença. Hope approcha de l'homme au sol. Elle demanda à Bran de le tenir fermement. Elle se pencha vers lui en ôtant ses goggles. Celui-ci se trouvait sur le dos, essayant de se dégager du loup en grognant. Lorsqu'il vit le visage de la princesse au-dessus du sien, il cessa ses bruits de gorge et la contempla de ses yeux blancs.

— Qui êtes-vous ? demanda Hope.

Mais l'homme ne répondait pas, se contentant de fixer le regard de la jeune femme.

— Vous ressemblez à des Vikings, mais vous ne faites pas partie de nos royaumes. Et vous êtes des hommes, pas des monstres.

Une lame s'enfonça dans la gorge de l'homme. Hope hoqueta et recula.

— Tu n'obtiendras aucune réponse de ces monstres, gronda Hayden.

La jeune femme se redressa et fit face au roi.

— Tu n'étais pas obligé de le tuer ! ragea-t-elle.

— Bien sûr que si, il t'observait à travers ses yeux ! lança-t-il.

Hope regarda le corps inerte sur le sol. Hayden s'était baissé sur celui-ci et fouillait l'individu pour s'acquérir d'un quelconque butin.

— Comment ça ? demanda-t-elle.

— Prenons l'un de ces engins, affirma le roi. Et éloignons-nous. Avec cette machine, nous arriverons plus vite à destination !

Hope n'avait pas eu sa réponse, mais était d'accord avec Hayden. Gaya s'était relevée et vint près de sa maîtresse. Amaury, Hedda et Maïlann avaient tué leurs assaillants et récupéré ce qu'ils avaient pu trouver sur eux. Ils coururent vers l'engin où les attendait Hope. La jeune femme se trouvait aux commandes.

— Alors ? Trouves-tu comment cela fonctionne ? demanda Hayden.

Hope contempla les boutons et les manettes. Elle réfléchit un moment en faisant la moue, puis ses yeux s'illuminèrent. Hayden fixait le visage de la princesse. Son intelligence le surprenait à chaque instant.

— J'ai trouvé ! lança gaiement la jeune femme.

Le moteur de l'engin vibra et Hope attendit ses compagnons. Ceux-ci montèrent dans la machine dès qu'ils furent près d'elle. Maïlann s'assit entre Hayden et Hope. Amaury et Hedda se placèrent à l'arrière. Les loups se partagèrent la place qu'il restait en se collant l'un à l'autre. Deux d'entre eux manquaient à l'appel. Elle les aperçut au loin et se dirigea vers eux. Lothaire et Erwan s'agrippèrent à la machine en marche et restèrent debout sur les plateformes.

— Il me faudrait l'une de tes inventions à la poudre noire ! lança Hayden à Hope.

— Que vas-tu faire ?

— Approche-toi de l'autre engin et tu verras !

Hope demanda à Maïlann de prendre une coccinelle dans sa besace et de la donner au roi. La jeune femme brune obéit et dès qu'ils atteignirent l'autre machine roulante, Hayden activa le mécanisme de la coccinelle et la jeta dans l'habitacle. L'engin explosa.

— Pourquoi as-tu fait cela ? s'étonna Amaury.

Hedda posa sa main sur le bras du chevalier en contemplant la machine brûlée.

— Ils… sont… ressuscités… bégaya la femme viking.

Amaury hoqueta en voyant les hommes qu'ils avaient tués debout à côté de la machine en flamme, marchant et hurlant. Hope jeta un regard sans trop s'attarder. Elle en fut ébahie.

— Maintenant, j'en suis sûr ! affirma Hayden.
— Sûr de quoi, Hayden ?
— Tu as vu leur regard, n'est-ce pas ?
— Oui, soupira Hope. Et ce n'était pas normal.
— Le nécromancien les possède. Ces hommes sont déjà morts ! Et celui-ci peut voir à travers leur regard. Il sait à présent que nous sommes ici !
— Et que fera-t-il ? demanda Amaury. Je ne pense pas qu'il sache ce que nous venons faire ici.
— Il l'apprendra bien assez vite, chevalier.

Puis le roi posa sa main sur la cuisse de Maïlann. La jeune femme se raidit un instant, le contemplant. Mais le contact de la main d'Hayden sur sa peau ne la gênait aucunement.

— Et il va vouloir nos femmes ! ajouta le roi.
— Et en quel honneur ? intervint Hedda.
— Le visage de Hope ne passe pas inaperçu. Et s'il apprend qui elle est, penses-tu que nous serons tranquilles, Hedda ?
— Donc, il faut s'attendre à tout, avoua la guerrière.

Maïlann posa sa main sur celle d'Hayden pour la lui ôter en caressant ses doigts.

— Et que fait un nécromancien avec autant de femmes ? demanda-t-elle.

Hayden tourna son visage vers celui de la jeune femme brune en souriant. Maïlann fixa la bouche du roi.

— Je ne peux pas te le dire, Maïlann. Mais avec la princesse, bien des choses peuvent lui passer par la tête !

Puis le silence régna dans l'engin. Hope dirigeait la machine vers une destination inconnue. Il serait temps de trouver un camp de nomade !

Au loin, tapis dans un gouffre de roches noires, des yeux contemplaient nos jeunes amis à travers ceux des jafards. Lorsque le visage de Hope apparut, un long souffle rauque se fit entendre dans la grotte. Un merveilleux trophée rejoindrait sa collection de joyaux, une reine parmi les morts. Le temps était venu de savoir qui se cachait derrière ce magnifique visage.

Passion.

Après quelques heures de mise en route, Hope maniait très bien la machine roulante. Ce n'était pas plus compliqué que le dragon. Mais elle se demandait quand même comment celle-ci fonctionnait ! Un campement se dressait devant eux. Des nomades vaquaient à leurs occupations. Hope se réjouissait, ainsi que ses amis.

— Nous allons pouvoir respirer, soupira Hope.
Elle éteignit l'engin lorsqu'elle se trouva près d'animaux étranges attachés à une barrière. Ceux-ci avaient une bosse sur le dos. Les loups les fixaient, la langue pendante. Hope et le roi interdirent à leur canidé de manger ces animaux ! Nos amis descendirent de la machine roulante et prirent leurs affaires. Ils se dirigèrent vers le campement. Cela ressemblait à un petit village avec tout son confort. Les nomades ne faisaient pas attention à eux. Ils avaient sûrement l'habitude des étrangers et comme ils n'étaient pas tatoués, ceux-ci voyaient bien que ce n'étaient pas des jafards ! Ils cherchaient un endroit pour se restaurer et se rafraîchir. La langue était un frein dans cet endroit, les nomades ne parlaient pas le francique. Mais ils eurent leur réponse

grâce aux gestes que faisait Hayden lors de sa conversation avec un vieil homme. Ils entrèrent dans une large tente en toile qui ressemblait à une taverne. Ils s'assirent à une table et attendirent que quelqu'un vienne prendre leur commande. Une jeune femme au teint hâlé approcha. Sa tête était coiffée d'un large tissu qui cachait ses cheveux. Elle portait une drôle de tunique. D'ailleurs, tous les nomades étaient affublés de vêtements originaux. Après quelques péripéties de langage, ils purent commander des écuelles de soupe chaude et des chopes d'hydromel. Les loups eurent de la viande fraîche. Pour se reposer durant la nuit, deux tentes leur furent attribuées. Les écus étaient aussi la monnaie de ce royaume. Pour se nettoyer, ils se contentèrent de bacs d'eau fraîche. Leur tente était confortable, avec lit d'appoint, couverture en fourrure et séparation des couches grâce à un voilage suspendu au plafond de la toile. Hope choisit un lit parmi les six paillasses. Maïlann et Hedda se trouvaient avec elle, ainsi que la louve qui se coucha au sol sur un tapis. Les femmes déposèrent leurs affaires à côté de leur lit et s'assirent sur ceux-ci.

— Hedda, crois-tu que tu pourrais nous trouver de quoi nous nourrir pour le voyage ? demanda Maïlann à la femme guerrière.

— Euh… oui, je peux toujours essayer ! Je vais faire le tour du camp et demander aux habitants.

La femme se leva et sortit de la tente. Maïlann contempla Hope qui la fixait curieusement.

— Le temps qu'Hedda aille chercher des victuailles, et connaissant sa faiblesse de la langue des nomades, tu vas pouvoir profiter d'Amaury ! lança-t-elle à son amie.
Hope hoqueta.

— Mais il y a toujours Hayden, Erwan et Lothaire.
Maïlann sourit.

— J'ai vu Erwan et Lothaire en compagnie de femmes et pour le roi, j'ai ma petite idée !

Puis, la femme brune se leva de sa couche et posa sa cape sur ses épaules.

— Toi, princesse, tu attends ici !

Hope voulait dire quelque chose à son amie, mais celle-ci la fit taire d'un geste de la main. Maïlann sortit de la tente. Elle avança vers Amaury qui se trouvait à l'extérieur de la toile. Il vidait le bac rempli d'eau.

— La compagnie du roi te dérange-t-elle ? demanda-t-elle ironiquement à son ami.

Amaury se redressa en soupirant. Il se tourna vers la jeune femme.

— Si je pouvais m'en passer, cela m'arrangerait, soupira-t-il.

Maïlann approcha sa bouche de l'oreille du chevalier.

— Et si tu pouvais être en compagnie de Hope ? Le souhaiterais-tu ? susurra-t-elle.

Amaury s'étonna. Il posa sa main sur le bras de Maïlann.

— Nous sommes toujours surveillés. Comment cela serait-il possible ?

Maïlann susurra de nouveau :

— Elle t'attend dans notre tente et elle est seule. Hedda est sorti et ne reviendra pas de sitôt. Quant à Hayden, je vais m'occuper de lui !

Amaury contempla un moment la toile des femmes et revint fixer les yeux de son amie. Celle-ci l'encourageait. Le chevalier laissa son bac d'eau et se dirigea vers la tente. Son cœur battait la chamade. Il ouvrit les pans de l'ouverture et entra. Hope était debout près de sa couche. Elle regarda le chevalier lorsqu'il pénétra dans la toile. Il avançait vers elle sans prononcer un mot. Amaury posa ses mains sur les joues de Hope et il approcha sa bouche contre celle de la jeune femme. Ils s'embrassèrent langoureusement. Les mains du chevalier descendirent sur les épaules de Hope puis le laçage du chemisier et il ôta les lanières. Il descendit ses lèvres le long du cou de Hope tout en la parsemant de baisers puis sa bouche enveloppa le mamelon droit du sein de la jeune femme. Hope hoqueta. Amaury baissa son visage à hauteur de l'entrejambe de la princesse et glissa le caleçon de celle-ci pour pouvoir explorer son intimité du bout de sa langue. La tête de Hope bascula en arrière. Elle posa sa main sur les cheveux du chevalier. C'était si agréable ! Amaury cessa les préliminaires et il prit la jeune femme dans ses bras pour l'emmener jusqu'à la couche. Il l'allongea sur le lit. Il ne parlait toujours pas. Il ôta les vêtements de Hope, ensuite, les siens. Puis dans un coup de reins rapide, il entra en elle. La jeune femme s'extasia. Le chevalier approcha son visage de celui de Hope tout en lui donnant du plaisir et suspendit ses lèvres au-dessus de celles de la princesse.

— Tu m'as tellement manqué, mon amour, soupira-t-il.

Hope enveloppa le cou du chevalier de ses bras.

— Je veux me perdre dans tes bras, Amaury. Fais-moi chavirer de plaisir, lui susurra Hope à l'oreille.

À ces mots, le chevalier fit basculer la princesse et la positionna sur lui pour que celle-ci le chevauche. Ils firent l'amour avec tendresse et passion.

!!!

Hayden entendit des voix à l'extérieur de la tente, mais pas les paroles qui se disaient. Il se leva de son lit et approcha de l'ouverture. Le chevalier mettait trop de temps à vider son bac d'eau ! Lorsqu'il ouvrit la toile, une jeune femme se positionna devant lui et posa sa main sur son torse.

Maïlann sentit la peau du roi sous ses doigts. La chemise de celui-ci était ouverte et on apercevait la ligne de duvet noir longeant le milieu de ses muscles abdominaux pour finir sa course à son nombril. Sa peau était bronzée et douce. La jeune femme se pinçait les lèvres. Elle fit glisser sa main sur le torse du roi, perdu dans son admiration, ne sachant pas vraiment ce qu'elle voulait faire. Son seul objectif était de retenir le roi sous sa toile. Mais est-ce que Hayden se laisserait attirer ?

Le roi contemplait la jeune femme brune qui caressait son corps. Il posa sa main sur celle de Maïlann et stoppa ses caresses.

— Où est le chevalier ? demanda-t-il.

Maïlann posa son regard dans celui du roi.

— Il est parti à la taverne, il ne voulait pas rester seul avec toi, Hayden.

— Hope est-elle seule ? ajouta-t-il.

— Non, elle se trouve avec Hedda. La guerrière t'a promis de la surveiller ! mentit Maïlann.

Hayden approcha son visage de celui de Maïlann tout en tenant sa main dans la sienne.

— Et toi ? Que viens-tu faire ici ? interrogea-t-il curieusement.

La jeune femme plaça ses doigts sur les lèvres du roi et les caressa.

— Je ne sais pas vraiment ce que je viens faire ici, avoua Maïlann. Mais… depuis notre départ, quelque chose en toi m'attire. Je ne veux pas blesser Hope, c'est mon amie. J'hésite à…

Maïlann laissa ses paroles suspendues à ses lèvres. Hayden avança sa bouche vers celle de la jeune femme brune et l'embrassa. Celle-ci fondit sous le baiser du roi qui fut très surprenant. Finalement, Maïlann savait ce qu'elle voulait faire à présent ! Le roi ne la repoussait pas, au contraire. Il prit la main de la jeune femme et l'emmena jusqu'à son lit. Il posa ses mains sur les épaules de celle-ci et la poussa sur la couche. Puis, il lui ôta ses bottes et son braie en cuir avec ardeur. Maïlann était tout émoustillée. Que lui arrivait-il ? Ce que le roi lui fit ensuite la rendit folle. Jamais elle n'avait ressenti autant de plaisir et de sensations vertigineuses. Amaury était un bon parti, mais le roi… son cri de plaisir envahit la tente, Hayden resta au-dessus d'elle à la contempler. Maïlann pourrait peut-être le servir à présent. Il caressa le visage de la jeune femme brune.

— Puis-je te demander de faire quelque chose pour moi, Maïlann ?

Celle-ci regarda le roi avec admiration.

— Que veux-tu, mon roi ?

Hayden sourit. Son atout était magique ! Aucune femme ne résistait. Il caressa les lèvres de Maïlann.

— Je veux que tu sois mes yeux et mes oreilles au sein du royaume d'Oldegarde.

— Tu veux que je trahisse Hope ? Je ne pourrai jamais le faire, soupira-t-elle.

— Non. Hope sera ma reine, elle vivra avec moi en Amnésia, souffla-t-il. Tu ne la trahiras pas.

Puis ses lèvres embrassèrent le cou de Maïlann, ensuite, ses joues et ses oreilles.

— Seulement les autres membres de sa famille, susurra-t-il.

Maïlann frissonnait de plaisir au contact des lèvres du roi sur sa peau.

— Je ne sais pas si je pourrai le faire, mon roi, murmura-t-elle.

Hayden embrassait ses seins à présent.

— Réfléchis y, Maïlann, et tu seras mon amante éternellement, rusa-t-il.

Sentant la femme brune prête à s'ouvrir, il se positionna au-dessus d'elle et lui donna de nouveau un coup de reins. Maïlann hoqueta de joie. Mon Dieu ! C'était si orgasmique. Le roi lui fit l'amour une deuxième fois et cette fois, il y prit du plaisir.

Le chef touareg.

Cela faisait un moment que nos compagnons marchaient sur le sable. Ils avaient dû abandonner l'engin. Celui-ci ne roulait plus. Hope s'était rendu compte que le liquide qui la faisait avancer était à sec. Ils avaient pu obtenir des renseignements sur leur chemin et savaient à présent où se trouvait le domaine des Touaregs. Le désert devenait moins présent. De la verdure apparaissait à certains endroits. Hayden leur proposa de faire une halte. Ceux-ci acceptèrent et se reposèrent près de buissons poussant sur un tapis vert. Le roi prit sa gourde et but une gorgée. Il contempla l'horizon.

— Je vais avancer et voir si j'aperçois quelque chose, suggéra-t-il. Restez ici !
Maïlann se redressa.

— Je vais venir avec toi, Hayden ! lança-t-elle.
Amaury regardait son amie. Celle-ci était différente avec le roi depuis leur départ du camp nomade. Quant à Hope, elle ne se souciait pas de lui. Ce n'était pas de l'indifférence, car celle-ci conversait avec lui, mais le chevalier voyait bien qu'un malaise s'était créé entre eux depuis leur nuit de passion. Maïlann, Bran et le roi

s'éloignèrent du groupe. La jeune femme contemplait Hayden. Elle regarda derrière elle et lorsque ceux-ci furent invisibles, elle se positionna devant le roi et posa sa main sur le torse du souverain. Celui-ci ne la repoussait pas. Maïlann approcha son visage de celui d'Hayden.

— J'ai réfléchi à ta demande, souffla-t-elle. Je ne puis espionner le royaume d'Oldegarde. Je dois tout à Hope et à sa famille.

Le roi enveloppa la taille de la jeune femme brune de ses bras et l'approcha de lui. Il suspendit ses lèvres au-dessus de celles de Maïlann.

— Ne veux-tu pas être mon amante, Maïlann ?

Hayden embrassa la jeune femme. Le cœur de celle-ci palpitait. Elle écarta le roi de sa main.

— Je… je ne veux pas être ton amante après ton mariage avec Hope, soupira-t-elle. Même si j'en ai très envie. Si je fais cela, je ne pourrai plus regarder ma princesse en face. Je suis désolée, Hayden.

— Si tu changes d'avis, Maïlann, fais-le-moi savoir. J'ai l'habitude d'être patient.

Maïlann ferma les yeux un moment et les rouvrit sur le regard du roi.

— Crois-tu qu'Hope oublie Amaury ? Même si vous êtes unis, et connaissant la princesse, je sais qu'elle fera son possible pour esquiver ce mariage. Le chevalier restera auprès du roi d'Oldegarde.

— Le mariage sera célébré, crois-moi. La présence du chevalier ne changera rien ! exprima le roi.

Maïlann se tut et continua sa route. Hayden grimaça. La jeune femme avait raison. Si Amaury restait dans les parages, il était certain que quelque chose se mettrait en travers de leur union. Il rejoignit Maïlann sur une dune et contempla l'immense cité qui se dressait devant eux.

!!!

Le domaine des Touaregs trouvé, nos amis entrèrent dans la forteresse. Hope avançait devant, suivi du roi Hayden. Elle se rendit sur les escaliers du palais et monta ceux-ci. Le peuple la contemplait. Nos amis suivirent leur princesse jusqu'à la dernière marche où les attendaient des gardes armés. Ceux-ci stoppèrent les inconnus en brandissant leur arme devant eux. Nos compagnons furent encerclés. Les loups grognaient. Hope et Hayden calmèrent les canidés.

— Je suis la princesse d'Oldegarde, je me nomme Hope. Je viens voir votre souverain ! lança la jeune femme aux gardes.

Aucun soldat ne bougeait. La grande porte s'ouvrit et un homme affublé d'une robe apparut sur le seuil.

— Laissez entrer la princesse et ses compagnons, soldats. Notre Touareg les attend.

Les hommes levèrent leur arme. Hope suivit l'homme élancé et celui-ci emmena nos amis auprès du souverain. La princesse contemplait la demeure. Les hauts plafonds étaient peints à la dorure, le mobilier en bois sculpté de scènes nomades proposait de vastes nuances de couleur. Des tentures tapissaient les murs et le sol était recouvert d'un tissu rouge qui menait à une large porte dorée. Les deux hommes postés devant l'ouvrir à l'arrivée de nos amis et ceux-ci entrèrent dans la salle suivante en compagnie de l'homme nomade. Le chef des Touaregs était assis sur un large canapé en bois blanc au velours rouge, des coussins étaient éparpillés sur le sol devant lui, positionnés au-dessus d'un tapis tissé à la main. Il demanda à ses invités de s'assoir sur ceux-ci. Nos compagnons se regardèrent avec étonnement et posèrent leur derrière sur les coussins. Les loups se couchèrent à leurs pieds.

— Je suis ravi de vous recevoir dans mon royaume, commença le chef. Vous avez pu vous rendre compte que celui-ci est parfois… dangereux, soupira-t-il.

— Nous avons eu un problème avec des jafards, messire, lança Hope. Mais nous nous en sommes sortis vivants. Cependant, nous nous sommes aperçus qu'effectivement, le nécromancien possédait ces hommes.

— Oui, c'est malheureusement le quotidien de mon fief. Et je remercie le roi d'Oldegarde d'avoir envoyé ses meilleurs soldats pour récupérer ma fille.

— Que s'est-il passé, messire ? demanda Amaury.
Le chef ferma les yeux.

— La princesse Eline était en route pour Normandoul, puis ses gardes devaient l'aider à gravir la montagne et une fois de l'autre côté, un émissaire du royaume d'Oldegarde devait venir la retrouver. Mais son convoi s'est fait attaquer. Je suis certain, à présent, que le nécromancien détient la princesse. Pourquoi maintenant ? Je ne le sais pas. Il se dit simplement que celui-ci était prêt à conquérir tous les royaumes. Le problème, c'est qu'il se trouve en Tornor, la cité sombre. Dans ce lieu, les morts ressuscitent. Humains comme animaux. Les hommes que j'ai envoyés ne sont jamais revenus.

— Pensez-vous la princesse encore vivante, messire ? demanda Hedda.

— Oui, soupira le chef. Je sais que cet homme, car c'est effectivement un humain avec des pouvoirs, s'entoure des plus beaux joyaux du royaume.

— On dit que les femmes sont capturées vivantes par les jafards. Savez-vous ce qu'elles deviennent, messire ? interrogea Maïlann.

— Je ne le sais pas, malheureusement. Mais je suis sûr que ma princesse ne se fait pas maltraiter. On dit simplement que cet homme se constitue un harem dont une seule femme en deviendra la reine. Les jeunes femmes de haut rang auront une place importante dans son projet.

— Est-ce qu'il aime les femmes très jeunes ou mûres ? demanda Amaury.

— Peu importe, tant que celles-ci sont jolies et encore aptes à procréer. Si vous avez croisé des jafards, alors, le nécromancien sait que vous êtes ici et il apprendra très vite la raison de votre venue. A-t-il pu contempler l'un de vos visages à travers le regard d'un de ces morts ?

— Oui. La princesse Hope, soupira Amaury.

Le roi des nomades sourit.

— Alors, il est possible que celui-ci ait trouvé sa reine.

— Pourquoi serait-ce moi ? demanda Hope.

— Princesse, s'il vous a vu vous battre et vu votre tenue, il sait que vous êtes une guerrière accomplie, avoua-t-il. Et vous êtes une très belle femme, ajouta-t-il.

— Comment trouverons-nous le lieu où se tapit ce nécromancien ? demanda Hayden.

Le chef touareg contempla le roi. Il avait entendu parler du royaume d'Amnésia et de ses dirigeants. On disait que le fils était plus conciliant que le père.

— Mon chaman vous accompagnera. Il sait où se situe le domaine du nécromancien et vous aurez besoin de ses pouvoirs spiritueux pour venir à bout de cet homme.

Un homme élancé, affublé de vêtements amples, se dressa derrière le souverain. Ses longs cheveux bruns étaient tressés en un entremêlement de couleur différente. Il devait avoir une quarantaine d'années.

— Slimane parle votre langue. Vous pourrez communiquer. Vous partirez demain à l'aube. Je vous offre mon hospitalité pour cette nuit et un bon repas.

Nos amis s'en réjouirent. Ils visitèrent le village pour passer leur temps libre. Le roi Hayden s'éclipsa en compagnie de son soldat. Amaury et Erwan trouvèrent une taverne. Quant aux femmes du groupe, elles préféraient flâner sur le marché nomade. Hope attendit qu'Hedda s'éloigne pour parler avec Maïlann.

— Je trouve que tu es plus entreprenante avec Hayden depuis la nuit que tu as passée avec lui, lança-t-elle.

Maïlann stoppa devant un étalage et toucha les petits objets en bois.

— Tu sais Hope, je pense que cette nuit sera toujours gravée dans mon esprit.

Hope écarquilla les yeux.

— Était-il si impressionnant ? s'étonna-t-elle.

— Tu le sauras lorsque tu passeras ta nuit de noces en sa compagnie, soupira Maïlann. Je veux juste dire que c'est un bon amant.

Hope posa sa main sur le bras de son amie.

— Es-tu amoureuse du roi, Maïlann ? demanda-t-elle.

La femme brune appuya son regard dans celui de la princesse.

— Même si cela était le cas, penses-tu vraiment que j'aurai une chance avec Hayden ?

— Je ne pense pas, Maïlann. Mais je ne veux pas que tu trahisses ton royaume par amour.

Maïlann ôta la main de la princesse de son bras. Elle approcha son visage vers celui de Hope.

— Tu es jalouse, n'est-ce pas, Hope ?

Hope grimaça.

— Ce n'est pas cela, Maïlann. J'aime Amaury.

— Oui, mais tu sais très bien qu'on ne te laissera pas épouser le chevalier, ragea Maïlann. Ton mariage aura lieu, que tu le veuilles ou non ! Alors, dis-moi, est-ce que tu es prête à t'unir à Hayden ?

Hope n'aimait pas le ton qu'employait Maïlann.

— Oui, je suis prête, gronda-t-elle. Et tu ne seras jamais sa maîtresse, j'y veillerais !

Maïlann posa ses mains sur les épaules de Hope.

— L'aimes-tu ? demanda-t-elle.

— Maïlann… je…

La femme brune secoua Hope.

— Réponds-moi, Hope ! brailla-t-elle.

La princesse ne comprenait pas son amie. Elle ôta les mains de celle-ci de ses épaules et les teints fermement dans les siennes. Elle fixa Maïlann rageusement.

— Hayden est à moi, Maïlann. Oui, je l'aime ! hurla-t-elle.

Les jeunes femmes n'aperçurent pas le chevalier et Erwan qui revenaient près d'elles en compagnie d'Hedda. Amaury ne bougea plus, restant sur place à contempler la princesse. Maïlann recula de son amie et regarda en direction du chevalier. Hope aperçut son amant. Son cœur fit un bond dans sa poitrine. Qu'avait-elle fait ? Elle était tellement enragée que ses paroles étaient sorties de sa gorge sans trop savoir si elle les pensait vraiment. Les yeux d'Amaury s'embuèrent, mais il ravala ses larmes et opéra un demi-tour pour pouvoir disparaître. La princesse contempla Amaury. Celui-ci s'éloignait. Elle fixa Maïlann amèrement et courut après le jeune homme.

— Amaury, attends ! s'égosilla-t-elle.

Mais le chevalier continuait sa course. Hope le rattrapa et le poussa dans une allée, loin de la foule qui les contemplait. La ruelle était déserte. Elle plaqua le jeune homme contre le mur et posa ses mains sur son torse. Amaury essayait de se dérober, mais Hope ne le lâchait pas.

— S'il te plaît, Amaury, supplia-t-elle. Écoute-moi !

— Il n'y a rien à écouter, Hope. Je t'ai entendu ! Cela me suffit !

La jeune femme prit le visage du chevalier entre ses mains et approcha son front contre celui d'Amaury.

— Non, mon amour, ce n'est pas ce que tu crois, souffla-t-elle tendrement. Il fallait que j'éloigne Maïlann d'Hayden. Depuis qu'elle s'est donnée à lui, son esprit est brouillé.

Amaury fronça les sourcils.

— Maïlann s'est donné au roi Hayden ? s'étonna-t-il.

— Oui, Amaury. Pour que je puisse passer une nuit d'amour avec toi. Mais, à cause de moi, je crois qu'elle s'est éprise du roi, soupira tristement Hope. Donc, il fallait que je remette les choses en place, mon amour.

Amaury prit les mains de Hope dans les siennes en ôtant son front de celui de la princesse.

— Y a-t-il une once de vérité dans ce que tu as révélé à Maïlann ? demanda Amaury sérieusement.

— Hayden ne m'est pas indifférent, je te l'avoue. Mais c'est toi que j'aime, Amaury.

Ils cessèrent de discuter lorsque deux silhouettes se dressèrent dans la ruelle. Hayden avança vers eux.

— Nous te cherchions, princesse ! affirma-t-il.

Hope se dégagea du corps d'Amaury et fit face au roi.

— Pensais-tu que j'étais perdue ? ironisa-t-elle.
Hayden contempla un moment le chevalier.
— Ou pire, souffla celui-ci. Dans les bras d'un autre homme !
Hope approcha son visage de celui du souverain.
— Je t'ai déjà fait comprendre que tant que notre union ne sera pas célébrée, je ne suis pas à toi ! Et Hope s'éloigna, suivi d'Amaury.
Hayden grimaça. Il avait eu vent de ce qui s'était passé sur le marché. Surtout, les paroles que la princesse avait prononcées. Il se tourna vers Lothaire.
— Lothaire, je veux que tu suives le chevalier comme ton ombre. Dès à présent, je ne veux plus le voir seul en compagnie de la princesse !
— Bien, monseigneur. Mais si la princesse me demande de disposer, que dois-je faire ?
— Dis-lui simplement que tu suis mes ordres. Si cela ne lui plaît pas qu'elle m'en fasse part !
— Bien, mon roi.
Hayden se dirigea vers la tente en toile qu'il occupait avec les trois hommes. Il contempla le chevalier en train de se dévêtir. Certes, il comprenait Hope. Mais cela faisait si longtemps qu'il désirait la princesse qu'aucun autre homme ne viendrait prendre ce qui lui appartenait. Et surtout pas un nécromancien ! La louve de la princesse était couchée au pied du lit du chevalier. Hope lui donnait une protection et elle craignait sûrement pour sa vie. Hayden s'allongea sur sa couche en

repensant aux aveux de la princesse exprimés haut et fort devant le peuple nomade. Il sourit.

Le roi Hayden

Le royaume des morts.

Nos amis partirent dès le lever du jour pour le domaine du nécromancien. Slimane guidait les étrangers à travers le désert. Hope et Maïlann étaient en froid. Pourtant, Erwan essayait d'encourager la jeune femme brune à parler à la princesse. Hayden s'en réjouissait. Amaury était suivi de près par le soldat du roi. Il était certain que celui-ci se doutait qu'Hope s'était de nouveau donnée à lui. Il n'avait pas encore discuté avec son amie Maïlann. Il ne comprenait pas la jeune femme. Elle qui n'avait jamais aimé Hayden, la voici dans les bras de celui-ci. Ils marchèrent durant quatre jours. Ils prirent du repos la nuit et stoppèrent de temps en temps pour se restaurer du contenu de leur besace. Les seuls qui s'octroyaient un bon repas furent les deux canidés qui chassaient leur proie. Puis, au fur et à mesure qu'ils s'engouffraient dans les terres sombres, le ciel s'assombrissait, la brume devenait épaisse et nos compagnons ne voyaient plus l'horizon. Le chaman psalmodia des incantations et le brouillard s'écarta des jeunes gens. Pour l'instant, ils ne rencontrèrent aucun mort. Ils arrivèrent devant une grande montagne. Amaury cherchait un chemin à emprunter. Il trouva une grotte et nos amis entrèrent dans celle-ci. Un chemin suspendu au-dessus d'un cratère se présenta à eux. Ils devaient le traverser pour se rendre de l'autre côté, ils n'avaient pas le choix ! Le chevalier se tourna vers ses compagnons.

— Faites attention en traversant ! Je passe devant, Hayden devrait finir la file.

Le roi obtempéra et ils avancèrent lentement. Le sol du pont était glissant, ils devaient faire attention. Le vide n'était pas rassurant et certains de nos combattants tremblaient. Le chemin était étroit par endroit et ils devaient se concentrer sur leurs pieds pour bien les positionner sur la roche. Il n'y avait pas de prise pour les mains, cela rendait la traversée difficile. Nos compagnons pouvaient perdre l'équilibre à tout moment. Amaury arriva sur l'autre côté sans difficulté, suivi de Gaya. Erwan le rejoignit en soupirant de soulagement. Le pied de Hope glissa et celle-ci paniqua. Son corps se retrouva au sol et roula sur la paroi. Gaya hurla en direction de Hope. La louve rebroussa chemin et arriva à temps pour agripper le bras de sa maîtresse qui s'accrochait à la roche, les jambes dans le vide. Le cœur d'Amaury fit un bond dans sa poitrine. Il voulait se précipiter à la sauvegarde de la princesse, mais Erwan l'en empêcha.

— Non, Amaury ! Regarde la roche ! lança-t-il en panique.

Le chemin étroit s'effritait à cause du poids de nos amis. Des pierres commençaient à tomber. Le chevalier contempla Hope et Maïlann, qui essayait de la remonter.

— Ne panique pas, Hope ! souffla Maïlann à son amie.

Slimane montra les fissures au roi Hayden.

— Avancez ! Rejoignez le chevalier ! lui dit-il.

L'homme ne se fit pas prier et se retrouva de l'autre côté du pont. Le poids de la princesse attirait Maïlann et Gaya dans le vide.

— Gaya ! Va-t'en ! ordonna Hope à sa louve.

Mais l'animal ne voulait pas lâcher sa maîtresse. Maïlann aperçut du sang couler sur le bras de son amie. Le canidé enfonçait ses crocs dans la chair. Le pont se mit à trembler, les fissures craquaient.

— Courez ! ordonna Hayden à Hedda et Lothaire qui se dirigeaient vers la princesse.

— Mais la princesse risque de mourir si on n'intervient pas, expliqua Hedda.

— Je le sais, mais nous sommes trop nombreux sur cette roche et elle ne tiendra pas longtemps !

Hedda grimaça. Elle ne pouvait pas abandonner sa princesse !

— Je vais la sauver ! lui lança Hayden. Et si je n'y arrive pas, tu me feras ce que tu veux, vu que je n'aurai plus rien à perdre.

Hedda inspira profondément en fermant les yeux puis son regard se posa de nouveau sur le roi.

— Très bien. Je vous attends tous les deux de l'autre côté !

La femme guerrière courut sur la roche, suivie de Lothaire. Le pont commençait à s'écrouler à quelques endroits. Hayden se positionna au sol rapidement près de Maïlann. La jeune femme était épuisée. Sa main agrippait solidement celle de Hope. La louve ne lâchait pas le bras de sa maîtresse.

— Hope ! Regarde-moi ! ordonna le roi. Ne fais pas attention au pont et aux morceaux de pierre qui se décrochent ! Tu es tétanisée, tu dois te reprendre sinon nous n'arriverons pas à te hisser.

Hope leva son visage vers Hayden. Leurs regards ne se quittèrent pas. Le roi ordonna à son loup et à la louve de faire contrepoids en se positionnant sur Maïlann et sur lui. Cela éviterait la glissade ! Les deux canidés obéir et l'autre main de Hope fut dans celle du souverain. Celui-ci demanda à Maïlann de hisser la princesse de toutes ses forces. Ce qu'elle fit dans un effort surhumain. Hope se retrouva dans les bras d'Hayden et le pont suspendu se mit à s'effondrer. Le roi poussa les jeunes femmes et ils se mirent à courir. Les loups finissaient la file. Tous les autres retenaient leur respiration. La roche se brisait et les fissures s'entrouvraient. Maïlann fut agrippé par Erwan qui la positionna sur la terre ferme, Gaya et Bran firent un bon jusqu'au sol solide. Hayden leva soudainement Hope et la prit dans ses bras. Lorsqu'il atteignit l'autre côté, le pont suspendu s'effondra dans la falaise. Il serrait la princesse contre lui et reprenait son souffle. Il s'assit sur le sol, emmenant Hope dans son élan. Celle-ci avait toujours ses bras positionnés autour du cou du roi. Elle le contemplait de ses yeux d'azur. Hayden posa sa main sur le bras de Hope et fixait le sang sur sa peau.

— Il faut soigner cette morsure avant qu'elle ne s'infecte, avoua-t-il.

— J'ai ce qu'il faut ! lança Hedda.

La guerrière sortit une fiole de sa besace ainsi qu'un morceau de tissu propre et des herbes. Hayden déposa délicatement Hope au sol et celle-ci se fit dorloter par Hedda. Amaury, qui était silencieux jusqu'à maintenant, approcha de la princesse et s'accroupit près d'elle.

— Tu nous as fait peur, Hope, soupira-t-il. Il faut faire attention !

Hope grimaça, sa blessure la lançait. Hedda posait le bandage sur son bras.

— Crois-tu que j'aie fait en sorte de glisser ? demanda-t-elle au chevalier.

— Non. Je dis simplement qu'il faut rester concentré.

La guerrière fit un nœud au tissu et Hope se redressa. Sa tête tourna et ses jambes fléchir. Hayden l'enveloppa de ses bras.

— Tu vas bien ? Tu t'es redressée trop rapidement, susurra-t-il à son oreille. Il faut que tu boives.

Le roi agrippa sa gourde et fit boire Hope. Elle ôta ses lèvres de l'ouverture et contempla le visage d'Hayden.

— Je te remercie de m'avoir aidé, Hayden.

Le roi sourit.

— Je ne voulais pas que tu meures, ma reine, souffla-t-il.

Amaury se redressa et avança vers la crevasse.

— Continuons ! ordonna-t-il.

Celui-ci voyait bien que la princesse ressentait de l'attirance pour Hayden, même si elle le niait. Ce ne sera pas facile de rivaliser avec le roi, mais il ne baisserait pas les bras.

!!!

Ils marchèrent un long moment avant d'arriver devant une source boueuse. Un château se camouflait dans la brume sur un îlot. Ils virent les tours de celui-ci. Nos compagnons essayaient de trouver un moyen pour contourner les marécages. La seule issue fut le chemin de grosses pierres parsemées dans l'étang. Mais les roches n'étaient pas symétriques et sûrement humides, nos amis devaient prendre leurs précautions. Amaury soupira et avança le premier, suivi d'Hedda. Les loups étaient attentifs au moindre bruit provenant de la boue. Lothaire, Erwan et le chaman se lancèrent à leur tour. Maïlann tenait la main de Hope qui se trouvait derrière elle. Hayden finissait la file. Certains de nos combattants jouaient les funambules sur les pierres, essayant de garder leur équilibre. Pour l'instant, rien ne sortait du marécage, contrairement à ce que pensait le chevalier. Erwan avait failli choir deux fois dans la boue, il fut rattrapé à temps par le garde du roi d'Amnésia. Hope agrippait la main de Maïlann, son amie l'attirant vers elle. Hayden sentit sa botte glisser. Son pied arriva dans l'eau boueuse et sa jambe s'enfonça. Hope stoppa et se retourna lorsqu'elle entendit les jurons du roi à son oreille. Elle lâcha la main de Maïlann et fit le chemin en

sens inverse. La femme soldat voulait aussi aider Hayden, mais les pierres étaient trop étroites pour tenir à deux. La princesse agrippa les bras d'Hayden et son visage se trouva face à celui du roi.
— Ces eaux sont des sables mouvants, expliqua Hayden. Je ne peux pas bouger la jambe sinon je risque de couler plus profondément.
— Agrippe-toi à moi, Hayden ! Je vais te sortir de là.
— Tu n'es pas assez forte, Hope.
La jeune femme le fixa dans les yeux en fronçant les sourcils.
— Je suis une guerrière, l'aurais-tu oublié ?
Hayden sourit. Un sourire qu'Hope qualifierait de « espiègle ».
— Non, bien sûr que non, ma reine, souffla Hayden.
Il enveloppa le cou de Hope de ses bras et celle-ci le souleva doucement.
— Je ne suis pas encore ta reine, lança-t-elle tout en le hissant du marécage.
Ils se retrouvèrent coller l'un à l'autre sur une roche. Leur bouche se frôlait. Les bras d'Hayden toujours enroulés sur les épaules de Hope.
— Tu vas te retourner doucement, Hope, et tu avanceras la première, soupira le roi.
La jeune femme fit ce que lui demandait le souverain et Hope rejoignit Maïlann qui lui prit la main pour continuer à avancer. Ils se retrouvèrent tous indemnes sur l'île du nécromancien. Amaury sentait que Hope lui échappait, même si Maïlann disait le contraire. Dès que leur quête sera terminée, il affrontera le roi d'Amnésia !

!!!

Une grotte se trouvait au pied du château en pierre. Nos compagnons s'engouffrèrent dans la caverne. Celle-ci était plus grande que la précédente. De l'eau stagnait dans les cratères. Des stalagmites s'étaient formées sur les parois et dans les alcôves. Des craquements d'os se firent entendre. Des ossements traînaient au sol. Une grande paroi se dressa devant eux, un homme les contemplait du haut de la roche. Il s'agissait du nécromancien. Les squelettes qui se trouvaient au sol se levèrent à l'arrivée de nos compagnons. Le chaman se prépara à affronter le sorcier. S'ensuivit un combat de magie entre les deux hommes et de coupages d'os pour le chevalier et ses amis. Les deux loups démembrèrent leurs assaillants. Soudain, le chaman fut projeté contre l'une des parois de la montagne violemment et son corps tomba au sol. Celui-ci émit quelques soubresauts, puis il s'immobilisa. Le nécromancien aperçut la femme rousse se diriger vers lui. Elle gravissait la montagne en démembrant les squelettes de coups d'épée. Il porta sa magie sur les morts et ceux-ci s'écartèrent de Hope et se dirigèrent sur les autres combattants. Ils ne firent plus attention à la princesse. Celle-ci arriva en haut de la roche et se tint debout devant le nécromancien, épée en main. L'homme fut impressionné par la prestance de la jeune femme.

— L'image que j'ai eue de toi à travers mon mort n'est pas égale à celle que je vois maintenant, lança le nécromancien.

— Où se trouve la princesse Eline ? demanda Hope.

Le nécromancien tendit les mains vers Hope.

— Tu n'es pas en mesure de te confronter à moi, princesse d'Oldegarde ! Penses-tu vraiment que ta simple épée ou ton arbalétrière me ferait mal ? Et je vois que tu as une blessure au bras.

— Non, je le conçois, affirma Hope. Et ma blessure est bénigne. Je suis déterminée à vous anéantir ! cria-t-elle avant de se jeter sur l'homme.

Le nécromancien stoppa la course de la jeune femme d'un seul geste de la main. Hope se sentit légère et une main invisible serrait sa gorge. Son épée tomba au sol. La jeune femme ne pouvait pas appeler à l'aide. C'est Gaya, voyant sa maîtresse s'élever dans les airs, qui avertit la troupe. Hayden se fraya un chemin parmi les morts pour pouvoir sauver Hope. Amaury en fit de même. La princesse se retrouva à côté du nécromancien. Elle se débattait, mais ses bras étaient paralysés. L'homme posa sa main sur le front de Hope et la tête de celle-ci bascula en arrière. Ses yeux devinrent blancs. Hayden et Amaury arrivèrent en même temps sur le sommet de la montagne où se trouvait le nécromancien, mais ceux-ci furent stoppés par la magie de l'homme.

— Vous arrivez trop tard ! lança-t-il. La princesse d'Oldegarde est à moi !

Hayden et Amaury furent projetés sur des parois à leur tour. Mais le choc fut moins violent que celui du chaman. Ils atterrirent sur le sol sans trop de blessures. Le nécromancien disparut avec Hope dans un tourbillon de poussière et nos amis arrivèrent à bout des morts dès que leur maître disparut. Lothaire aida son roi à se relever. Les côtes d'Hayden le lançaient. Maïlann souleva le chevalier et le fit assoir sur une roche.

— Tu vas bien ? demanda-t-elle.
— Oui, je crois, soupira-t-il. Je n'ai rien de cassé, juste des hématomes.

Hedda approcha du roi et lui demanda de soulever sa chemise. Celui-ci obtempéra. Elle contempla l'énorme ecchymose sur son flanc gauche.

— Vous n'avez rien de cassé, rassura-t-elle. Je vais vous poser un cataplasme pour que la douleur soit moins vive.

La jeune femme guerrière sortit un baume de sa besace et elle enduit le flanc gauche du roi de cette mixture, puis elle lui banda le ventre à l'aide d'une large étoffe. Amaury se redressa.

— Il faut aller à la recherche de Hope ! lança-t-il.

Il se rendit auprès du corps du chaman. Celui-ci était toujours à terre. Erwan était à ses côtés, lui redressant la tête et les épaules. Mais l'homme sorcier n'en avait plus pour longtemps. Sa vie le quittait.

— Comment allons-nous faire sans vous ? lui demanda le chevalier.

— La… louve, souffla Slimane. Approchez… la louve…

Amaury appela Gaya et celle-ci vint lécher le visage du chaman. L'homme posa sa main sur la tête de l'animal en prononçant des paroles incompréhensibles. Puis sa main glissa sur le sol et il regarda le chevalier.

— Maintenant... suivez la louve... elle retrouvera sa maîtresse et le nécromancien, soupira Slimane dans un dernier souffle.

Nos compagnons laissèrent le corps du magicien et ils suivirent Gaya à travers la crevasse.

!!!

Hope ouvrit les yeux doucement. Elle était allongée sur un lit à baldaquin aux voilages fermés. Elle portait une longue robe blanche. Sa chevelure rousse était détressée et cascadait sur l'édredon. Sa blessure avait disparu. Elle se redressa et entrouvrit les voilages. Elle contempla la pièce dans laquelle elle se trouvait. Cinq jeunes femmes vaquaient à leurs occupations. L'une d'elles approcha de la princesse. La jeune fille brune était encore adolescente. Ses grands yeux bruns contemplaient Hope avec admiration.

— Bonjour, princesse d'Oldegarde, soupira-t-elle.
— Où suis-je ? demanda Hope.
— Vous êtes dans le domaine du nécromancien.
— Que veut-il faire de vous ?

La jeune fille s'assit à côté de Hope.

— Le nécromancien nous a dit que l'on deviendrait ses compagnes, mais qu'avant tout, il attendait sa reine.
— Est-ce moi sa reine ? s'étonna Hope.

La jeune fille posa sa main sur celle de Hope.

— Je le pense, oui. Vous êtes une guerrière et une princesse, vous avez la prestance d'une reine et vous avez dirigé votre royaume d'une main de fer.

— Es-tu Eline ? La princesse promise à mon frère ?

— Oui, je le suis, princesse.

— Tu peux m'appeler Hope. Ne t'inquiète pas, mes amis viendront nous chercher.

— Pour l'instant, le nécromancien s'est tenu tranquille avec nous. Mais maintenant que vous êtes ici, il va passer à l'action.

Eline présenta les autres jeunes femmes à Hope. Celles-ci étaient toutes des filles d'un dirigeant. Le nécromancien ne désirait que du premier choix pour accomplir son désir.

!!!

Amaury suivait Gaya de près. La louve savait où se trouvait sa maîtresse. Elle ne comprenait pas trop ce que lui avait fait le chaman, mais son instinct était développé. Les autres membres du groupe faisaient confiance au canidé et espéraient arriver à temps. Ils gravirent des rochers, contournèrent des issues dans la grotte, se faufilèrent dans des espaces étroits pour aboutir devant une immense plaine noire, néant de toutes végétations. Un épais brouillard maculait le sol. Une énorme montagne qui ressemblait à un palais, d'après les ouvertures creusées dans la roche, se dressait devant eux. L'antre du diable ! Ils traversèrent l'épaisse brume prudemment, attentifs au moindre danger. Des craquements d'os se firent entendre. Des squelettes ainsi que des hommes morts émergèrent du sol. Agrippant les jambes de nos compagnons et les pattes des deux loups, ralentissant leur avancée. Mais ces corps sans vie furent vite mis à trépas pour de bon. Dès qu'ils furent au pied de l'immense caillou, Amaury parcourut les parois, aidé par Maïlann pour trouver l'entrée. Mais le nécromancien avait bien dissimulé celle-ci. Puis, la louve repéra un sentier dans la roche.

— Par ici ! hurla Amaury vers ses amis.

Ils suivirent Gaya sur le chemin qui menait à travers la roche. Cela dura un long moment. Hayden se rendit compte qu'ils tournaient en rond. Ce n'était pas la faute de la louve, cela était dû à la magie du nécromancien. L'homme ne voulait pas que les intrus puissent trouver sa cachette.

Amaury

Le nécromancien.

Cela faisait un moment que Hope se trouvait dans la pièce en compagnie des jeunes femmes. Elle en apprenait davantage sur elles. Leur religion, leur statut, la raison pour laquelle ces jeunes femmes étaient ici. La réponse fut la même qu'Eline, pour devenir des compagnes. Aucune d'entre elles n'était guerrière, malheureusement. Hope devait compter que sur elle-même et si ce que la jeune princesse lui avait révélé était vrai, alors son couronnement de future reine pourrait jouer en sa faveur. Un bruit se fit entendre derrière la grande porte en bois. Les jeunes femmes reculèrent et se positionnèrent en rang. Hope les contempla un moment, restant au milieu de la pièce. La porte s'ouvrit et un homme longiligne se présenta devant elles. Il portait des vêtements noirs amples cousus de fil d'or à certains endroits. Un masque camouflait son visage recouvert de la capuche de sa longue cape de velours rouge. Celui-ci avança vers Hope et se posta devant elle.

— Je ne pensais pas trouver un tel joyau dans mon royaume, commença-t-il.

L'homme avança sa main vers le visage de Hope et caressa la joue de la jeune femme.

— Tu es une très belle femme, princesse d'Oldegarde. Ainsi qu'une grande guerrière. Je t'ai laissé une place de choix parmi mes compagnes.
Hope ôta la main du nécromancien de sa peau.
— Croyez-vous vraiment que je souhaite faire partie de votre harem ? lança-t-elle.
L'homme approcha son visage de celui de la jeune femme.
— Mais je ne te demande pas ton avis, princesse. Car à présent, tu m'appartiens. Maintenant, ce royaume est ton sanctuaire.
Hope serra son poing et l'envoya au visage de l'homme. Mais celui-ci fut stoppé par un obstacle invisible. Le nécromancien posa sa main derrière la nuque de la princesse pour pouvoir avancer son visage vers le sien. Ses yeux bleus translucides croisèrent ceux de Hope.
— Je ne te conseille pas de me désobéir ou de me malmener, princesse ! suggéra-t-il. Je suis le seul à détenir le pouvoir. M'as-tu compris, guerrière ?
Hope grimaçait. Son bras irradiait.
— Oui, soupira-t-elle.
— Très bien, lança le nécromancien en interrompant son sort maléfique du poing de la princesse.
Hope obtempéra. Elle devait se résoudre à obéir jusqu'à ce que ses compagnons lui viennent en aide.
— Pourquoi avez-vous besoin d'autant de femmes ? demanda Hope.
— Je dois repeupler mon royaume, suggéra l'homme.

— Un royaume de mort, lança Hope. Pensez-vous vraiment que des enfants pourront vivre sur cet endroit ? Celui-ci est sans vie.

Le nécromancien prit la main de la princesse entre les siennes.

— Justement, je t'ai choisi comme reine pour que tu puisses guider les autres jeunes femmes et faire de cet endroit, un paradis.

— Et vous ne craignez pas le pouvoir que je pourrais avoir sur ces jeunes femmes ? Je peux leur apprendre à se battre !

— Elles apprendront si elles le souhaitent. Mon emprise sur votre âme vous empêchera de me faire le moindre mal.

— Pourquoi maintenant ? Pourquoi avoir attendu si longtemps avant de vous manifester ?

— Mon armée est grande à présent. Ma reine est venue à moi, je peux régner sur les royaumes.

— Pensez-vous vraiment que les dirigeants des autres royaumes vont vous prêter allégeance ? s'étonna Hope.

— Oui… grâce à vous, mes futures épouses. Vous retournerez dans vos royaumes, une fois sous mon emprise, et vous obéirez à mes ordres.

— Très bien, se résigna Hope… elle approcha de l'homme et posa ses mains sur le torse de celui-ci… mais si je dois devenir votre reine, veuillez au moins me montrer votre visage, à moins que celui-ci ne soit trop laid pour le découvrir.

Le nécromancien ôta lentement son masque. Les jeunes femmes hoquetèrent. L'homme n'était pas affreux, au contraire. Il était agréable à regarder. Il possédait une cicatrice sur la joue droite, des yeux bleus, une peau bronzée, des cheveux longs ébène, une barbe bien taillée.

— Comment doit-on vous nommer ? demanda Hope.
L'homme prit le visage de la princesse entre ses mains.
— Les jeunes femmes me nommeront « mon roi ». Toi, ma reine, tu seras la seule à me nommer par mon prénom.
— Et quel est-il ?
— Daniyal.
— C'est très original.
Le nécromancien s'écarta de Hope et se dirigea vers la porte.
— Nous célébrerons notre union dès que les deux sommets de la montagne se toucheront, princesse !
Hope écarquilla les yeux. Qu'est-ce que cela signifiait ? Les jeunes femmes l'agrippèrent par les bras et l'emmenèrent sur un fauteuil. Celles-ci lui expliquèrent le phénomène. Donc, d'après les dires de ces futures épouses, son union aura lieu d'ici deux nuits.

!!!

Gaya sentit enfin l'odeur de sa maîtresse plus intense. Elle grogna vers l'une des ouvertures qui se trouvait en hauteur. Aucune porte n'était accessible ! Le chevalier scruta la montagne.

— Nous allons escalader cette roche pour rentrer par l'une des ouvertures, nous n'avons pas le choix, se lamenta Amaury.

— C'est très haut, les loups ne pourront pas nous accompagner ! affirma Maïlann.

La louve approcha de Bran et ferma les yeux. Nos compagnons la contemplèrent. Quelque chose émana de son corps. Un nuage de fumée qui enveloppa les deux canidés. Ceux-ci s'élevèrent dans les airs.

— Le chaman ! intervint Amaury. Il a dû transférer ses pouvoirs dans Gaya avant de mourir.

— Et pourquoi la louve ? demanda Erwan.

— Car la louve ne s'en servira pas à son profit, suggéra le chevalier.

— Et nous ? Ne peut-on pas s'élever dans les airs aussi ? demanda Erwan.

— Je pense que la louve est limitée, soupira Hayden. Nous avons des mains et des jambes, cela suffit pour monter !

Celui-ci agrippa les parois de la roche et commença son avancée. Les autres suivirent sauf Amaury, qui saisit le bras de la guerrière avant de continuer.

— Hedda ! Tu es la seule à pouvoir rejoindre le dragon de fer et le faire voler.

— Mais tu as besoin de moi pour sauver Hope !

— Si nous arrivons à sauver Hope et la jeune princesse, le dragon nous sera utile pour anéantir ce domaine.

— Mais, si le nécromancien s'empare de celui-ci, il pourrait le retourner contre nous, soupira Hedda. Et cela va prendre du temps avant que je puisse atteindre le dragon.

— Je suis certain que tu reviendras en temps et en heure, Hedda. Et vu que le nécromancien possède ce qu'il veut à présent, je pense que le dragon passera inaperçu à ses yeux.

— Très bien, Amaury, je pars tout de suite ! Veille bien sur les autres, mon ami !

Le chevalier hocha la tête positivement et Hedda le quitta. Il gravit la montagne en espérant que la femme guerrière ne rencontre aucun obstacle sur son chemin.

!!!

Hope contemplait le ciel à travers l'une des ouvertures du palais noir. La brume était épaisse, mais les deux pics apparaissaient au-dessus de celle-ci. On pouvait apercevoir les deux sommets se rapprocher doucement. La jeune femme se demandait comment cela était possible. Sûrement de la magie noire ! Hope prit un tabouret en bois qui se trouvait près de l'ouverture et le positionna devant elle. La jeune femme monta sur celui-ci pour regarder vers l'extérieur, mais rien n'était visible ! Elle soupira. La porte de la chambre qui lui avait été attribuée s'ouvrit. Le nécromancien apparut sur le seuil.

— Tu ne peux rien apercevoir avec cette brume ! lui lança-t-il.

Hope descendit du tabouret et se retourna. Daniyal ne portait plus de masque et son apparence était plus soignée.

— Ne se lève-t-elle jamais ? demanda-t-elle.

Le nécromancien approcha de la jeune femme et se posta à ses côtés pour contempler l'extérieur.

— Je n'ai jamais vu le ciel de Tornor s'éclaircir.

— Vivez-vous ici depuis longtemps ? interrogea Hope.

— Depuis toujours, soupira Daniyal. Mes parents étaient nécromanciens. Mais je suis le dernier.

Hope comprit la situation.

— C'est pour cela qu'il vous faut des descendants, pour perpétuer la nécromancie.

— Oui, princesse, tu es intelligente. J'ai besoin de plusieurs femmes pour me donner des descendants, car je ne suis pas certain qu'une seule d'entre vous puisse faire naître l'enfant parfait !

Hope posa sa main sur le bras du nécromancien et tourna son visage vers lui.

— Mais pourquoi vouloir anéantir les royaumes ? Je ne comprends pas.

Daniyal prit le visage de Hope en coupe entre ses mains et l'approcha du sien.

— Je ne les anéantirai pas, ma princesse, chacune d'entre vous gouvernera vos royaumes et je les posséderai. Je ferai une grande et unique nation avec un seul roi !

— Et que ferez-vous aux dirigeants des autres royaumes ? s'inquiéta Hope.
Le nécromancien caressa le visage de la princesse.
— Ils ne pourront plus vivre dans ce monde, princesse, donna-t-il comme seule réponse.
Il embrassa ensuite le front de Hope tout en contemplant les deux cimes.
— J'ai hâte que ces deux cimes ne fassent plus qu'une ! lança-t-il.
— Combien de temps cela prendra-t-il ? demanda Hope.
— Je dirai… deux ou trois jours, voir plus, supposa le nécromancien.
L'homme quitta la pièce, laissant la princesse observer les deux sommets. La jeune femme soupira. Elle espérait vraiment que ses compagnons arrivent à temps pour les sauver. Elle ne voulait pas finir sa vie ici !

. La tour sombre.

Hope ne savait plus combien de temps elle se trouvait enfermée dans le domaine du nécromancien. Les jours et les heures n'étaient pas comptés dans cet endroit, puisqu'il n'y avait pas de lever et de coucher du soleil. Daniyal décidait des repas et de l'heure du repos. Hope avait sa propre chambre, les autres jeunes femmes dormaient ensemble. Les jours se ressemblaient, rien ne se passait, les distractions étaient limitées. Les futures épouses de Daniyal avaient le droit de circuler dans le palais. Hope avait essayé à maintes reprises de se libérer ou de se frayer un chemin à travers les ouvertures visibles, mais le nécromancien scellait celles-ci à l'aide de sa magie. Plusieurs fois, il avait réprimandé la princesse pour son insoumission, la privant de repas en l'enfermant dans sa chambre. Les autres jeunes femmes étaient plus dociles et plus influençables, malgré les encouragements de révolte de la princesse. Daniyal n'en voulait pas pour autant à la jeune femme, bien au contraire, le tempérament de celle-ci motivait son ambition. Il laissait Hope apprendre aux autres princesses le maniement du combat, sachant que celles-ci ne pouvaient pas lui faire le moindre mal vu qu'il possédait déjà une partie de leur âme. Il les contemplait toujours du haut de l'escalier de la salle d'entraînement. Plusieurs épées étaient à disposition de Hope, jamais d'arbalète ou d'arc. Le nécromancien était prévoyant. Il admirait la princesse danser avec son épée, dirigeant les autres jeunes femmes. Daniyal descendit les quelques marches qui le séparaient des lames de fer. Il prit en main celle qui lui convint le mieux et avança vers Hope. Eline, qui se mesurait à la princesse, laissa place au nécromancien et alla rejoindre ses compagnes. Hope tendit son épée devant elle.

—Je ne pense pas que nous devrions combattre ensemble, suggéra-t-elle.

Daniyal fit tournoyer l'épée dans ses mains.

— Pourquoi ? demanda-t-il.

—Je n'aurai aucune chance face à votre magie et vous le savez ! expliqua-t-elle.

— Et si ma magie s'estompe le temps d'un combat à armes égales, m'accordes-tu ce duel ?

— Si vous le promettez, j'accepte !

—Je te le promets, princesse d'Oldegarde.

Un combat d'épée débuta. Les jeunes femmes s'assirent sur les marches et observèrent les gestes de la princesse. Eline fut en admiration devant une telle femme. Si le frère de Hope était aussi beau et altruiste que sa sœur, alors, elle serait la plus heureuse des femmes. Si elle sortait de cette prison, évidemment ! Hope esquiva les coups d'épée du nécromancien avec légèreté et finesse. Elle se rendit compte que celui-ci ne la ménageait pas et était très réaliste dans son combat. Pourtant, lorsque son épée toucha le flanc de Daniyal, sa lame ne transperça pas la peau de l'homme, même si celle-ci forçait l'attaque. Puis elle se souvint que le nécromancien leur avait expliqué qu'elles ne pourraient pas le blesser. Elle se contenta d'esquiver les estocs de son adversaire et de toucher le magicien de la pointe de son épée. Au bout d'un long croisement de fer, la lame de Daniyal vint effleurer l'épaule gauche de Hope. Ce qui entailla sa peau et du sang se mit à couler. La jeune femme grimaça. Le nécromancien baissa rapidement son arme.

— Il est temps de cesser. Tu te fatigues, princesse, suggéra-t-il.

Hope ne dit rien et laissa tomber son arme au sol. Elle courut jusqu'aux escaliers et se rendit dans sa chambre. Elle baissa le haut de sa robe et trempa un morceau de tissu dans le bac d'eau. Elle posa le linge mouillé sur sa blessure qui la tiraillait. La porte de son antre s'ouvrit doucement et une personne approcha derrière elle. Une main se posa sur la sienne et le nécromancien l'obligea à lâcher le morceau de tissu. Daniyal glissa sa main sur l'épaule de Hope au niveau de sa blessure. Une large entaille se dessinait sur la peau rosée de la princesse. Le magicien soupira et ferma les yeux. Son visage se retrouva enfoui dans la chevelure rousse de la jeune femme. Il sentit son odeur. Hope ne bougeait pas. Elle attendait le dénouement qui ne fut en aucun cas ce qu'elle prévoyait. Le nécromancien s'écarta de la princesse et se positionna à la fenêtre.

— Les cimes se rapprochent, lança-t-il. Tu seras bientôt la reine du royaume des morts !

Hope contempla son épaule. L'entaille avait disparu. Daniyal sortit de la pièce et la jeune femme s'assit sur son lit. Elle regarda l'ouverture et vit effectivement les deux montagnes qui se faisaient face.

!!!

Nos compagnons ne réussirent pas à entrer dans la demeure, les ouvertures étaient scellées. Ils cherchèrent durant un long moment un moyen d'accès autre que les portes et fenêtres du château en pierre, sans résultat. Ils soufflèrent un instant avant de reprendre leur excursion.

— C'est une perte de temps ! Nous ne rentrerons jamais ! s'exprima Maïlann. La magie entoure ce domaine.

— Si le chaman était encore en vie, nous aurions pu entrer, soupira Erwan.

— Gaya ne peut-elle pas se servir des pouvoirs du mage ? demanda Maïlann.

— Gaya est un animal, Maïlann, elle ne peut pas utiliser ces pouvoirs comme le ferait un humain, expliqua Amaury.

Hayden émit un rire amer.

— Quel gâchis ! Ce pouvoir aurait été plus efficace si celui-ci avait été transféré dans un humain ! La louve ne sert à rien.

Amaury serra les poings et se dirigea vers le roi d'Amnésia.

— Et si tu avais fait attention à ta future épouse, Hayden, nous n'en serions pas là ! ragea-t-il.
Le chevalier stoppa devant Hayden.

— Justement, chevalier, à ce propos, Hope deviendra ma femme que tu le veux ou non et tu ne seras pas en mesure de t'opposer à notre mariage !

Amaury leva son poing et le dirigea vers le visage d'Hayden. Le roi d'Amnésia reçut le coup avec plaisir. Celui-ci n'attendait que ça. Il riposta par un mouvement de coude dans l'abdomen d'Amaury. Le chevalier recula en reprenant son souffle et sortit son épée. Hayden tendit son arbalète devant lui.

— Je pense que mon carreau atteindra ton cœur avant que tu puisses me toucher de ta lame, chevalier ! expliqua le roi.

Lothaire se positionna entre les deux jeunes gens et les contempla tour à tour.

— Allons, messieurs, vous vous entretuerez une fois le sauvetage de la princesse achevé.

Amaury soupira, mais Lothaire avait raison, cela pouvait attendre. Il rangea son épée et Hayden son arbalète. Le chevalier explora de nouveau les parois.

— Si nous avions de la poudre noire, nous aurions pu faire une brèche dans la roche ! suggéra Erwan.

— Mais nous n'en possédons pas vu que celle-ci se trouvait dans le dragon de fer et que celui-ci est resté de l'autre côté, soupira Maïlann.

— Alors, attendons Hedda et le dragon ! exposa Amaury.

Nos amis n'eurent pas le choix de camper sur la roche pour prendre un repos mérité. Le chevalier ne trouva pas le sommeil et décida d'observer le ciel dans l'attente d'apercevoir de grandes ailes en acier percer la brume.

Les défunts.

Daniyal contemplait les jeunes gens du haut de sa tour. Ceux-ci ne capitulaient pas. Ils restaient sur les roches de sa demeure, espérant trouver une faille. Si sa magie faiblit, le voile de protection s'évaporera et ces mécréants pourront entrer dans son antre. Ils devaient les occuper le temps de la cérémonie. Il psalmodia des paroles incompréhensibles et des morts-vivants sortirent de terre. Dissimulés dans la brume, ceux-ci se dirigeaient vers les étrangers.

!!!

Gaya et Bran hurlèrent à la mort. Nos compagnons se réveillèrent brusquement en agrippant leurs armes. Amaury se redressa rapidement et contempla le bas de la montagne. Il ne voyait pas l'horizon. Hayden s'accroupit et posa une main sur le sol en fermant les yeux.

— Je pense que nous allons avoir de la compagnie ! dit-il.

— Les morts-vivants ? demanda Lothaire.

— J'en ai bien peur, mon ami. Si la brume pouvait disparaître quelques instants, nous pourrions savoir le nombre d'ennemis.

Le chevalier appela Gaya et s'accroupit devant elle. Il caressa le canidé en lui expliquant ce qu'il désirait. Peut-être que celle-ci comprendrait ses paroles ! Tout le monde fut dubitatif jusqu'au moment où Gaya approcha du bord de la roche et qu'un souffle invisible se répandit à travers les falaises, dispersant le brouillard. Nos amis purent enfin contempler l'horizon.

— Les morts-vivants sont trop nombreux ! se lamenta Maïlann.

— Il va falloir pourtant combattre, le temps qu'Hedda réapparaisse avec le dragon de fer ! suggéra Amaury.

— Ils se relèveront chaque fois qu'ils tomberont, soupira Erwan.

— Il faut leur broyer la tête et les bras, c'est le seul moyen d'en venir à bout ! expliqua Hayden.

Plus facile à dire qu'à faire, pensa Erwan. Il suivit les autres qui se dirigeaient déjà vers les défunts, prêts à combattre.

!!!

Hope fixait la grande porte en fer qui menait à l'extérieur. Elle se trouvait dans la salle du trône du magicien. Celle-ci était plus petite que celle de son palais, simple, sans fioritures de richesse. Deux fauteuils en bois étaient dressés sur une estrade de pierre. Des chandeliers à pied illuminaient la pièce. Six colonnes soutenaient le plafond voûté et coloré d'un bleu océan.

— Tu ne peux pas t'échapper, tu le sais, n'est-ce pas ? demanda Daniyal qui venait d'entrer dans la salle. Hope soupira et fit face au nécromancien.

— Je le sais, oui. Ainsi que vous faire le moindre mal. Daniyal se posta devant la princesse. Il posa sa main sur la joue de la jeune femme et caressa le faciès de celle-ci.

— Tes compagnons cherchent à entrer, dit-il.

Hope retenait sa joie. Elle savait qu'Amaury ne l'abandonnerait pas ! Voyant l'enthousiasme de la princesse, le magicien posa sa main derrière la nuque de Hope et approcha le visage de celle-ci au sien. Il fixa son regard.

— Qu'importe ce qu'ils feront, peu importe s'ils entrent, il sera déjà trop tard, soupira-t-il. Les princesses et toi, ma reine, vous serez à moi !

Daniyal approcha ses lèvres de celles de la jeune femme. Jusqu'à maintenant, il n'avait rien tenté de sensuel avec Hope. Lorsqu'il voulut lui donner un baiser, la princesse recula rapidement en le repoussant violemment.

— Tant que je ne serais pas à vous, je ne me laisserai pas dompter aussi facilement.

Le mage rit.

— Mon pouvoir est déjà sur toi, princesse. Si tu réagis par toi-même, c'est juste parce que je le souhaite. J'aurais pu abuser de toi depuis ton arrivée dans mon palais, mais je ne suis pas de ce genre-là.

— Pourtant, lors de la cérémonie, je ne serais pas moi-même et vous ferez ce que vous voudrez de moi ! N'est-ce pas là un manque de respect envers mon rang ?
Daniyal s'éloigna de Hope.

— Oui, cela est exact. Mais à ce moment-là, tu m'appartiendras et tu éprouveras de l'amour envers moi !

Le magicien sortit de la salle et Hope resta un moment sans bouger, contemplant la porte qui menait dans les couloirs du palais.

!!!

Nos amis n'arrivaient pas à bout des morts-vivants. Certains ne se relevaient pas, d'autres continuaient à se battre malgré la perte de leurs membres. Ils s'épuisaient au combat.

— Nous n'arriverons à rien, Amaury ! lança Maïlann à bout de souffle.

— Soit courageuse, Maïlann, Hedda ne devrait pas tarder !

— Espérons, souffla Erwan.

Hayden se rua sur quatre vermines, donnant des coups d'épée jusqu'à ce qu'il réussisse à atteindre les membres supérieurs de ses adversaires. Les loups arrachèrent des pieds ou des jambes pour faire tomber les morts ressuscités au sol afin de les achever. Leur fourrure était marquée de quelques égratignures, mais rien de méchant. Erwan et Lothaire combattaient dos à dos, faisant face aux macchabées. Ils accordaient leurs mouvements. Maïlann esquivait les coups d'estoc et de taille en sautant sur place et se roulant au sol. Elle reçut une entaille sur l'épaule droite, mais la jeune femme n'y prêta pas attention et continuait son combat. Amaury était souple et adroit dans sa coordination. Il était attentif au moindre coup affligé à ses adversaires. Soudain, un grondement se fit entendre dans le ciel. Le chevalier leva les yeux et aperçut une large ombre traversant la brume. Un bruit mécanique retentit à ses oreilles. Enfin, Hedda était de retour !

Un soldat du nécromancien

Délivrance.

Hedda observait la bataille. Ses amis n'avaient aucune chance face à ces morts !

Tout d'abord, elle devait ouvrir une brèche dans le palais de roche pour permettre à ses compagnons d'entrer. Elle positionna le dragon au-dessus de la tour et l'animal cracha un de ces boulets de poudre noire qui vint atterrir au pied de l'édifice. L'objet émit un bruit sourd au contact du sol et la terre vibra. Les morts-vivants se retrouvèrent déstabilisés et nos amis en profitèrent pour courir vers le trou qui s'était formé dans le mur.

!!!

Le nécromancien entendit une explosion. Il comprit que les ennemis se trouvaient à ses portes. Il se précipita vers la fenêtre et contempla les deux montagnes qui s'embrassaient à présent. Il vit à travers les yeux de ses morts, un énorme dragon volant enflammer ses combattants et les soldats d'Oldegarde entrer dans la tour. Il devait faire vite à présent et commencer son ascension.

!!!

Nos compagnons réussirent enfin à entrer dans l'antre du sorcier. Ils étaient épuisés, mais le temps pressait ! Ils reprirent leur souffle et explorèrent les pièces. Ils ne trouvèrent aucune âme vivante. Ils gravirent ensuite les marches qui menaient vers d'autres salles, plus grandes que les précédentes. La louve reniflait l'air. Elle stoppa soudainement devant une porte. Amaury l'ouvrit rapidement. C'était une chambre ! Celle de Hope. Mais la jeune femme avait disparu. Ils continuèrent leur marche, explorant tous les recoins de la forteresse. Amaury stoppa soudainement devant une porte en bois.

— Taisez-vous ! ordonna-t-il. J'entends quelque chose !

Tout le monde stoppa et écouta attentivement. Des paroles incompréhensibles résonnaient derrière l'ouverture.

— Une cérémonie se prépare, intervint Hayden. Nous devons faire vite !

La porte en bois était fermée. Lothaire l'ouvrit à coups d'épaules et de pieds et nos compagnons poursuivirent leur avancée. Ils se confrontèrent à une grille en fer, impossible à ouvrir. Quelque chose se passait dans la grande salle de l'autre côté. Une pièce illuminée par des chandeliers, jonchée d'un tissu rouge. Des bouquets de roses noires parsemaient l'allée. La cérémonie commençait, le corps de Hope était allongé sur une stèle. Amaury essayait de soulever la grille. Hayden l'aida. La magie de la louve était trop fragilisée pour pouvoir ouvrir ce passage. Lorsque le nécromancien se pencha au-dessus de Hope, le cœur d'Amaury bondit dans sa poitrine, les battements de celui d'Hayden s'accélérèrent. Ils mirent plus de force à leur ouvrage et la louve posa ses pattes sur la grille.

!!!

Les jeunes femmes étaient placées face à l'autel, vêtues de leur robe de cérémonie. La seule qui était absente était la princesse d'Oldegarde. Une musique retentit et la porte de la grande salle s'ouvrit. Le nécromancien entra, accompagné de Hope qui suivait ses pas. Elle était vêtue d'une robe en voilage transparente qui laissait entrevoir ses formes chaleureuses. Ses pieds étaient nus. Ses cheveux étaient tressés et son front coiffé d'une couronne de fleurs. Il la mena jusqu'à l'autel et se plaça derrière la jeune femme. Il posa ses mains sur les épaules de Hope. La princesse ne disait rien. Ses yeux étaient translucides comme ceux des autres jeunes femmes. Daniyal plaça Hope de côté et lui fit face. Il prit les mains de celle-ci dans les siennes.

— En ce jour, commença-t-il, tu deviens ma reine et nous gouvernerons ce royaume ensemble.

Il remplaça la couronne de fleurs par une couronne d'or et la fit s'allonger sur l'autel. Il fit glisser sa main sur la robe transparente de Hope. Il toucha son corps à travers le tissu.

— Tu seras mienne dès la fin de la cérémonie de mon union avec tes compagnes. Elles devront se tenir autour de la stèle lorsque je te pénétrerai. Ainsi, nos deux âmes seront en harmonie et nous repeuplerons le royaume des morts.

Hope restait immobile, allongée sur la dalle. Le nécromancien se lia à ses autres amantes en leur transmettant le souffle d'union d'un baiser et revint vers Hope.

— Je vous demande d'approcher à présent, mes amours, lança-t-il aux jeunes femmes.

Celles-ci se placèrent de chaque côté de la stèle et commencèrent à psalmodier. Le nécromancien se positionna au-dessus de Hope et lui écarta les jambes.

— À présent, ma reine, nous allons nous unifier.

La porte en fer céda brusquement de ses gonds. Le nécromancien sursauta et fit face aux étrangers. Ceux-ci étaient arrivés à temps ! Il tendit ses mains devant lui et des morts firent leur apparition. Daniyal approcha de Hope et la prit dans ses bras. Il ne pouvait pas emmener les autres jeunes femmes. Cela était sans importance, il avait trouvé celle qu'il cherchait depuis si longtemps. Il s'éclipsa, emportant la princesse d'Oldegarde.

!!!

Nos amis étaient submergés par les morts-vivants. Amaury aperçut Hope allongée sur la table en béton. Il se fraya un chemin jusqu'à celle-ci. Mais cela s'avérait compliqué et il vit le nécromancien emporter la princesse. Maïlann se trouvait non loin de lui.

— Il emmène Hope ! hurla-t-il.

— Suis-le, Amaury ! Nous sommes assez pour nous battre ! cria Maïlann.
Le chevalier obtempéra et il poursuivit le nécromancien. La louve l'accompagna, car le chaman lui avait demandé de détruire l'homme aux pouvoirs. Hayden demanda à Bran d'aider les autres et il poursuivit le magicien. Daniyal emmena la princesse en haut d'une montagne. Il se concentra et le corps de Hope lévita dans les airs. Il n'avait pas encore fusionné avec elle. Les étrangers étaient arrivés au mauvais moment. Cela pouvait attendre. Il posséderait la princesse autrement. Hope se retrouva allongée, suspendue en hauteur. Le nécromancien tourna autour d'elle en chantonnant. Le corps de Hope trembla.

— Cessez ! hurla Amaury qui était arrivé en haut de la montagne.
Le nécromancien contempla le chevalier.

— Et que peux-tu me faire, chevalier ? Tu es un homme insignifiant pour moi.
La louve se montra en grognant.

— Le canidé est plus intéressant, affirma Daniyal.
Gaya approcha d'Amaury. Elle devait laisser le chevalier le faire. Elle avait confiance en cet humain. La voix du chaman dans sa tête le suggérait aussi. La louve se positionna devant le chevalier et se frotta contre lui pour lui transférer le pouvoir du magicien. Amaury sentit une force incroyable l'envahir. Hayden était arrivé lui aussi en haut de la montagne et contemplait le chevalier. Même si celui-ci ne désirait pas la présence d'Amaury, il

devait l'aider à se débarrasser de cet homme. Daniyal déplaça le corps de Hope au-dessus de la falaise.

— Non ! hurla Hayden en courant vers le nécromancien.

Le roi décocha un carreau de son arbalète vers le magicien, celui-ci esquiva la flèche en la repoussant d'un mouvement de phalanges. Amaury imita Hayden en brandissant son épée. Ils stoppèrent leur course lorsque le magicien tendit sa main devant lui.

— Il serait dommage que la princesse d'Oldegarde tombe dans le vide, ne croyez-vous pas ? Vous ferez n'importe quoi pour cette femme, jeunes hommes. Et je vous comprends. Sa beauté m'a ensorcelée également.

— Alors, que suggérez-vous que nous fassions ? demanda Amaury.

Hayden rageait.

— Il n'y a rien à faire, nous devons le tuer ! affirma celui-ci au chevalier en tendant son arbalète devant lui.

Amaury lui fit un signe discret pour que le roi comprenne qu'il était simplement en train de ruser avec le magicien. Hayden se calma et attendit. La louve restait en retrait en fixant sa maîtresse.

— Je suggère que vous partiez avec les autres jeunes femmes et ne revenez jamais dans mon royaume ! répondit Daniyal. Sinon, je peux aussi vous anéantir !

Amaury leva les mains en l'air et avançait doucement vers le nécromancien.

— Votre royaume est déjà sous les flammes. Le dragon de fer anéantit vos soldats morts. Bientôt, il ne restera plus rien.

— Je le reconstruirais !

— Qu'arrivera-t-il à la princesse d'Oldegarde ?

— Elle sera mienne. J'en ferai ma reine et nous repeuplerons ce fief.

— Donc, vous ne voulez pas qu'elle meure ?

Daniyal tourna son visage vers le corps de Hope.

— Vous avez raison. Je ne le veux pas.

— Alors, ramenez-la sur la terre ferme, je vous prie, supplia Amaury.

Le nécromancien fit bouger le corps de Hope et il déposa celui-ci sur le sol.

— Maintenant, continua Amaury, je vous propose de vous battre sans tours de magie pour que nous soyons, le roi et moi, égaux au combat. Acceptez-vous ?

— Et pourquoi le ferais-je, alors que je peux vous anéantir tout de suite ?

Le roi intervint.

— Pour l'honneur de la princesse, expliqua celui-ci. Si vous gagnez, vous pourrez l'emmener, si vous perdez, nous la ramenons chez elle.

Le nécromancien réfléchit un instant. Une longue épée émergea de sa main. Les deux jeunes hommes ne comprirent pas d'où venait cette arme et ne désiraient pas le savoir.

— Pourquoi pas ! lança Daniyal. Je veux m'amuser un peu avant de vous anéantir ! affirma-t-il.

L'homme fit tournoyer sa lame dans ses mains. Amaury et Hayden se tinrent prêts. Le nécromancien se positionna au milieu des deux combattants. Ceux-ci tournèrent autour de lui. Hayden donna le premier coup, mais sa lame fut stoppée par celle du magicien. Il sentit une décharge électrique traverser son bras. L'épée de l'homme était chargée en énergie. Le roi grimaça et esquiva la lame de Daniyal en plongeant au sol. Celui-ci roula sur la roche et se redressa pour reprendre son souffle. Le nécromancien voulut lui assener une nouvelle attaque, mais il fut interrompu par Amaury qui se positionna devant le roi et stoppa l'épée de l'homme de sa lame. Daniyal fronça les sourcils.

— Ma magie ne te fait rien, chevalier ! Tu ne sens pas de décharges. Je me demande si… puis il se souvint que la louve s'était frottée contre le jeune homme… le canidé a transféré la magie du chaman en toi ! conclut-il.

Amaury comprit ce qu'il se passait dans son corps. Il pouvait défier le magicien.

— Je suis ravi que le chaman m'ait choisi, souffla-t-il. Vous avez un adversaire à votre taille à présent !

L'homme recula en fixant Amaury.

— Alors, je t'attends, chevalier ! Soit digne de ta princesse !

Amaury positionna convenablement ses mains sur son pommeau, il prit une profonde inspiration et sa force le submergea. Il se précipita vers le nécromancien avec rage et un combat de fer débuta. Des éclairs d'électricité immergeaient parfois des bras des deux hommes. Ni l'un ni l'autre ne cédait. Gaya contemplait la scène. Elle devait faire quelque chose ! Elle se faufila discrètement derrière le magicien et le bouscula. Celui-ci fut déstabilisé et son pouvoir se dissipa un instant. Amaury profita de la situation. Il lâcha son épée et posa ses mains sur les épaules de Daniyal. Il le poussa vers le précipice. Le pouvoir du chaman se propagea dans les membres du magicien. Hayden, voyant Amaury prendre le dessus sur le nécromancien, en profita pour assouvir sa vengeance. Il se précipita vers les deux hommes et les poussa dans le vide. Un halo de lumières heurta de plein fouet le roi d'Amnésia et celui-ci se retrouva allongé au sol à côté de Hope. La louve léchait le visage de sa maîtresse. Hayden se redressa doucement. Il reprit ses esprits. Il entendit une voix provenir du précipice. Il se releva et se dirigea vers le vide. Le roi s'accroupit devant la falaise et pencha son visage pour regarder en bas. Lothaire arriva sur la montagne et aperçut son maître penché devant le gouffre. Hayden contempla le chevalier. Celui-ci s'était accroché à la montagne.

— Aide-moi à remonter, Hayden, lança-t-il.

Le roi réfléchissait.

— Hayden ? Je ne peux pas le faire seul, ajouta le chevalier.

Hayden tendit ses mains vers Amaury et lui agrippa les bras. Le jeune homme fit confiance au roi d'Amnésia et lâcha la falaise. Mais il comprit que le souverain n'avait aucunement envie de le remonter.

— Enfin, le moment que j'attendais depuis si longtemps est arrivé, se réjouit Hayden.

— Non, Hayden. Pense à Hope. Tu ne peux pas lui faire cela ! gronda Amaury.

— Justement, je pense à elle, à nous. Tant que tu seras vivant, je n'aurai jamais son cœur.

— Tu dois laisser Hope choisir, Hayden ! Elle s'est rapprochée de toi. Ses sentiments ont changé.

— Peut-être le devrai-je, chevalier. Mais mon cœur me dit que tu seras toujours le premier choix, suggéra le roi. Et tu sais qu'en chevalerie, il y a un perdant et un gagnant, Amaury.

— Hayden, de grâce, supplia le chevalier.

Le roi s'extasiait.

— Et je serai le gagnant, assura Hayden.

Celui-ci lâcha les bras du chevalier et le jeune homme bascula dans le vide. Son regard contemplant celui du roi d'Amnésia, son ennemi. Le souverain se redressa et se tourna vers son garde qui le dévisageait.

— J'ai essayé de l'aider, mais il a glissé, souffla-t-il.

Lothaire acquiesça de la tête. C'était son roi, il devait obéissance. Même si celui-ci fut peiné pour le chevalier. Personne ne devrait mourir ainsi. Hayden approcha de Hope et la souleva dans ses bras. Maïlann et Erwan arrivèrent enfin sur la cime. Ils contemplèrent la princesse endormie. Un mécanisme se fit entendre dans les airs, le dragon de fer apparut, parsemant sa flamme sur le restant des corps de morts-vivants et être certain que ceux-ci ne se relèveront plus jamais.

!!!

Maïlann courut vers son amie. Elle lui caressa le visage.

— Va-t-elle se réveiller ? demanda la jeune femme au roi.

Celui-ci regarda Hope endormie dans ses bras.

— Oui. Une fois que la magie du nécromancien s'estompera.

— Justement, où est le magicien ? lui demanda Hedda qui avait posé le dragon de fer au sommet de la roche.

— Dans le précipice. Il n'est plus de ce monde. Nous avons réussi.

Maïlann regarda autour d'elle.

— Où se trouve Amaury ? s'inquiétait-elle.

— Je suis désolé, Maïlann. Le chevalier s'est jeté sur le nécromancien et le magicien l'a emporté dans sa chute, mentit le roi. J'ai essayé de l'aider, mais ce fut peine perdue. Il nous a sauvé la vie, à tous.

Maïlann hoqueta. Des larmes coulèrent sur ses joues. Hedda souffrait en silence.

— Est-ce la vérité ? demanda soudainement Erwan. Nous n'étions pas sur place, nous ne savons pas ce qui s'est passé !

Tout le monde le contempla. Hayden retint son souffle. Lothaire approcha du jeune homme et posa sa main sur l'épaule de celui-ci.

— Je te le confirme, mon ami. Je suis arrivé à temps pour voir la scène. Le chevalier est un héros.

Le roi était ravi, il pouvait compter sur son bras droit. Hope bougea dans les bras d'Hayden. Celle-ci reprit ses esprits doucement. Elle ouvrit les yeux et contempla le visage du roi.

— Que se passe-t-il ? demanda-t-elle.

— Tu étais ensorcelée par le nécromancien, souffla Hayden. Nous sommes arrivés à temps pour te sauver.

— Tu peux me poser à terre à présent, soupira Hope.

Le roi obéit. Gaya fit la fête à sa maîtresse. La princesse contempla le visage de ses amis. Quelque chose n'allait pas ! Elle explora du regard les alentours.

— Où se trouve Amaury ? demanda-t-elle.

Maïlann approcha de Hope et posa ses mains sur ses épaules. Elle la teint fermement, car elle savait que son amie ne supporterait pas ce que la jeune femme était prête à lui dire.

— Hope, Amaury a sauvé les royaumes. Il… le visage de Hope se refermait… Il s'est jeté sur le nécromancien et ils sont tombés dans la falaise.

Les jambes de la princesse se dérobèrent. Maïlann la soutient en la prenant dans ses bras. Les cris de Hope résonnèrent.

— Non ! On doit le sauver !

Des larmes coulèrent sur ses joues. Hope voulait approcher de la falaise, mais son amie l'en empêchait.

— Laisse-moi ! Il… je dois le rejoindre !

Hayden grimaçait. Il attrapa Hope des bras de Maïlann et l'enlaça fermement. La princesse se débattait en hurlant.

— Le chevalier n'est plus, Hope ! Tu ne peux pas le sauver, intervint-il. Personne ne survit à une chute pareille !

Hope se sentait las. Elle s'effondra dans les bras du roi et sanglota. Hayden la serra contre lui tout en approchant la tête de Hope de son épaule. Il caressa ses cheveux.

— Je serai là pour toi, Hope, susurra-t-il à l'oreille de la jeune femme. Ta douleur est légitime, le chevalier était un héros.

Hope cessa de pleurer et leva son visage meurtri pour contempler celui du roi qui la rassurait. Lothaire regardait la scène. Lui seul connaissait la vérité. Son roi avait réussi à éloigner le chevalier. Il était peiné pour la princesse et se jura qu'il ferait pénitence en lui vouant toute sa loyauté lorsqu'elle deviendrait reine d'Amnésia.

— Il est temps de quitter cet endroit et de ramener les jeunes femmes chez elle, lança Hedda.

Tout le monde obéit et nos amis montèrent dans le ventre du dragon, les jeunes femmes les accompagnant. Ils laissèrent le corps du chevalier reposer au fond du ravin. Le royaume de Tornor était anéanti.

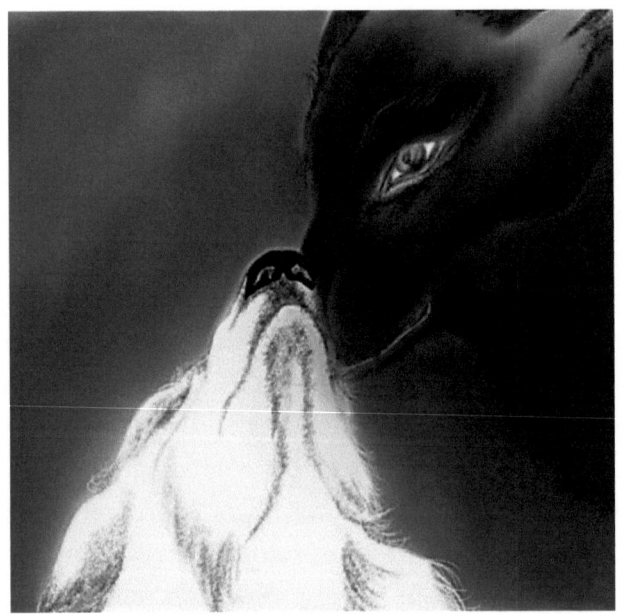

Frère et sœur

Retour en Oldegarde.

Nos compagnons mirent plusieurs heures à vol de dragon pour rendre les jeunes femmes à leur famille. Ceux-ci furent remerciés et adulés, les habitants impressionnés par la bête volante. Ils arrivèrent au dernier camp en fin de journée. La princesse Eline fut ravie de revoir ses parents. Le chef touareg organisa un grand festin pour le retour de sa fille et envoya un messager en Oldegarde pour prévenir le jeune roi du sauvetage de sa future reine. Celui-ci voulait explorer le dragon et Hedda l'emmena faire un vol. Il demanda aux héros de participer aux festivités et de se reposer le temps que le roi d'Oldegarde reçoive le message.
Hope s'était éloignée durant le banquet, ses amis étaient heureux et elle ne voulait pas les chagriner en leur montrant sa peine. La jeune femme s'allongea au bord d'une source d'eau, ferma les yeux et repensait à ses moments heureux avec le chevalier. Une voix la fit sortir de ses pensées.
— Je te cherchais, souffla Hayden.
Hope ouvrit ses yeux et contempla le roi qui s'était allongé à côté d'elle, son visage proche de celui de la princesse. Hayden savait qu'à partir de maintenant, il

devait être délicat et attentionné avec la jeune femme. Celui-ci posa sa main sur la joue de Hope et caressa le faciès de la princesse.

— Il faut que tu surmontes ton chagrin, Hope, susurra-t-il. Pense à tes enfants. Ils auront besoin d'une mère forte !

— Je sais, soupira Hope. Mon chagrin passera, mais pas l'amour que je portais envers Amaury.

— Je ne te demanderai jamais de l'oublier, Hope. Mais d'être de nouveau heureuse.

Hope fixa le regard d'Hayden. Ses yeux s'étaient éclaircis avec les années. Ceux-ci avaient pris une couleur noisette. Elle posa délicatement ses doigts sur la bouche d'Hayden, caressant ses lèvres. Le roi était d'une beauté incroyable, elle ne pouvait pas le nier. Cela en avait toujours été ainsi, même en étant enfant. Elle se rappelait les moments de jeux avec Hayden lorsqu'ils étaient jeunes.

— Te souviens-tu lorsque nous étions enfants et que nous étions postés sur la tour du château devant l'arche ? demanda-t-elle.

— Oui, je m'en souviens. Tu portais une robe blanche appartenant à ta mère qui était trop grande pour toi, et moi, je portais la cape en velours de mon grand-père, le souverain d'Amnésia à cette époque. On s'était fabriqué des couronnes en fleurs et nous voulions nous unir devant une poupée et un ours en peluche qui faisaient office d'hommes d'Église.

Hope sourit et approcha ses lèvres de celles d'Hayden. Le roi attira la jeune femme vers lui et donna un long baiser à Hope. La princesse se perdit dans ce moment romantique et laissa le roi d'Amnésia raviver son désir. Ce que lui faisait Hayden était incroyable. Mais le désarroi qui s'emparait d'elle la fit réagir et lorsque le roi voulut aller plus loin, Hope le repoussa doucement.

— Non, je ne suis pas prête, souffla-t-elle.

— Je te comprends, soupira Hayden. Le moment est mal choisi.

Hayden embrassa Hope sur le front et se redressa.

— Peux-tu m'assurer que tu n'es en rien responsable de la mort d'Amaury ? lui demanda soudainement Hope.

Hayden hésita un instant.

— Mon bras droit t'a raconté ce qui s'était passé, Hope. J'ai essayé de le sauver, mais ce fut en vain, mentit Hayden.

Le roi commençait à s'éloigner.

— Nous nous unirons lorsque nous serons rentrés en Oldegarde, lança Hope. Nos royaumes se prêteront allégeance et tu seras comblé.

Hayden soupira.

— Je veux que tu sois comblée aussi, princesse.

Hope ferma les yeux.

— Je le serai, Hayden.

!!!

Loumie marchait sur le sable en compagnie de sa tribu nomade. Le chariot était tiré par deux dromadaires. Quelque chose au sol attira son attention au pied de l'immense montagne. Elle se dirigea vers les corps. Son père stoppa le cortège et accompagna sa fille. Très vite, ils furent suivis par quelques membres du groupe. La jeune femme contempla un corps en décomposition.

— Le nécromancien, assura son père. Il a été anéanti. Nous sommes sauvés !

— Sûrement par cet homme ! lança un membre de la famille en regardant le deuxième corps.

La jeune femme se précipita vers celui-ci. Elle se pencha vers le jeune homme allongé au sol et posa sa main sur sa poitrine.

— Il est encore en vie ! s'étonna-t-elle.

Une femme regarda le haut de la montagne.

— Comment peut-on survivre à une chute pareille ? demanda-t-elle.

— La magie du nécromancien, soupira le père. Elle s'est transférée dans le corps du jeune homme lorsque celui-ci s'est écrasé.

Loumie posa sa main sur le visage du jeune homme et ôta les mèches auburn de ses yeux. Celui-ci était bel homme.

— Nous ne pouvons pas le laisser ici, père.

— Il est dangereux, ma fille. Il détient le pouvoir du magicien.

— Je suis sûre qu'il a le cœur bon. S'il a combattu ce monstre, c'est que ce jeune homme ne peut pas être mauvais.

— Bien, ma fille. Nous l'emmenons.

Il demanda à deux hommes de sa tribu de porter le jeune homme et de le déposer dans le chariot. Loumie resta auprès de l'étranger durant leur voyage.

!!!

Le jour du départ arriva. Nos compagnons chargeaient le ventre du dragon. Le souverain des nomades leur avait offert des tissus de qualité et des pierres précieuses pour la dot de la princesse. Lorsque le mariage aura lieu, un dragon viendra récupérer la famille d'Eline en ce lieu. Pour le moment, elle vivrait au château d'Oldegarde pour apprendre les coutumes des gens d'occidents. Ils montèrent dans la bête en acier et Hope prit les manettes. Elle voulait penser à autre chose durant un moment. Eline n'était pas rassurée. Maïlann lui teint la main le temps du voyage. Le trajet dura moins longtemps qu'à l'allée. Le temps était clément et les pauses se faisaient rares. Eldrid, Elyo et les représentants du royaume attendaient sur les marches du palais. Le peuple observait le ciel. Lorsque l'animal de fer fit son apparition, les villageois hurlèrent leur joie. Le dragon se posa délicatement dans la cour du château évacuée pour cette occasion. Les premières personnes à descendre du ventre furent Hedda et Maïlann. Ensuite vinrent Erwan et Lothaire. Puis Hayden et son loup. Le roi Elyo se réjouissait, mais il ne pouvait pas rejoindre ses amis. Cela n'était pas convenable. Les sœurs d'Hedda se trouvaient à côté de la reine mère. Kiryan, qui était revenu de sa croisade, cherchait son ami.

Lorsque Hope apparut en compagnie de la princesse du désert et de sa louve, des cris de joie se firent entendre. Elyo était soulagé et regardait sa future épouse avec admiration. Celle-ci était magnifique. Une chevelure noire et les yeux bruns, une peau hâlée. Kiryan ne pouvait pas attendre et se dirigea vers sa sœur. Il la prit dans ses bras.

— Où est Amaury ? demanda-t-il.

Maïlann desserra son étreinte et posa ses mains sur les épaules de son frère, les yeux larmoyants.

— Il nous a tous sauvés, mon frère. Amaury n'est plus.

Kiryan ravalait ses larmes. Un homme ne pleurait pas ! Il alla vers Hedda et la serra à son tour dans ses bras. Puis, il lui donna un baiser. Il était heureux de la revoir vivante. Hope arriva à la hauteur du jeune roi. Elle s'arrêta devant son frère.

— Mon roi, voici votre future épouse, la princesse Eline, des terres arides.

Elyo salua la jeune fille comme il se devait. Eldrid embrassa sa fille et prit sa future belle-fille sous son aile. C'était sa mission de lui enseigner les coutumes du royaume. Eline contempla le jeune roi. Celui-ci était encore jeune et beau garçon. Son père avait bien choisi. Maëlo et Mila arrivèrent en compagnie de leur nourrice sur les marches du palais. Ceux-ci étaient excités et coururent vers Hope.

— Mère ! Mère ! crièrent-ils en même temps.

Le cœur de Hope fit un bon dans sa poitrine. Elle était si heureuse de les revoir. Lorsque ses enfants se jetèrent dans ses bras, celle-ci les enlaça tendrement en leur donnant des baisers.

— Vous m'avez tant manqué, mes amours !

Elle prit le visage de Maëlo entre ses mains et fixa le petit garçon de son regard azuréen. Le visage d'Amaury revenait dans son esprit.

— Tu as été un grand garçon j'espère, Maëlo ?

— Oui, mère. J'ai protégé ma sœur et ma grand-mère.

Hope sourit en caressant le visage du petit garçon.

— Je suis fière de toi, Maëlo.

Hope le serra de nouveau dans ses bras, voulant sentir une odeur familière que l'enfant n'avait pas, malheureusement. Elle se redressa et prit les mains de ses enfants dans les siennes, puis s'adressa au jeune roi.

— Je vais dans mes appartements, profiter de mes enfants, mon frère. Je vous rejoindrai plus tard et nous parlerons de mon mariage.

Elyo écarquilla les yeux. Eldrid s'étonna. Hayden se tenait sur les marches du château, à côté de la reine mère. Hope, voyant le visage de son frère estomaqué, ajouta :

— Le royaume d'Amnésia et celui d'Oldegarde seront unifiés. Le temps est venu de faire des sacrifices.

Puis Hope s'éloigna en compagnie de sa progéniture et Gaya la suivit. Eldrid tourna son visage vers le roi Hayden.

— Je suppose que vous resterez en Oldegarde quelque temps ? lui demanda-t-elle.

Hayden prit la main d'Eldrid et la baisa.

— Oui, votre majesté. Le temps de notre union en Oldegarde comme cela en avait été convenu. Ensuite, nous rejoindrons Amnésia. Je dois présenter Hope, lorsqu'elle sera devenue reine, à mon peuple.

— J'en suis ravie, s'extasia Eldrid. Nous allons de ce pas discuter des préparatifs, roi Hayden… la reine mère se tourna vers Eline… venez avec nous, ma chère enfant, vous apprendrez votre première leçon !

Eldrid quitta le jeune souverain, ainsi qu'Hayden et Eline. Elyo attendit Maïlann sur les marches. La jeune femme fit une révérence au roi.

— Pourquoi Hope a-t-elle changé d'avis, Maïlann ? Ce n'est pas dans son habitude.

— Sir, Hope a perdu une partie d'elle dans ce royaume maudit. Son cœur est blessé. Elle n'a plus rien à perdre aujourd'hui, à part ses enfants, bien sûr !

— Amaury n'est plus de ce monde, si je comprends bien, soupira Elyo.

— En effet, Votre Altesse, votre main est partie en héros. Il nous a sauvés !

Le jeune roi s'attrista. Son mentor n'était plus. Il devait trouver un autre conseillé. Mais qui pouvait remplacer Amaury ? Cela n'était pas facile de trouver une personne de grande valeur.

!!!

Le groupe de nomades s'était arrêté pour la nuit près des dunes bordant la mer. Ils avaient monté leur campement durant la journée et séjourneraient quelques jours sur ce lieu avant de reprendre la route pour les terres fertiles. Certains d'entre eux en profitaient pour s'exercer aux maniements des armes et à leur passion. La famille gagnait des écus en se produisant auprès de gens riches. Ils organisaient des spectacles de magies et de feux. On les appelait « la troupe de feux ». Loumie était toujours au côté du jeune homme dans le chariot. Celui-ci ne s'était pas encore réveillé, mais reprenait des forces. Les battements de son cœur reprirent un rythme normal. La jeune femme était en train de préparer une mixture lorsqu'elle entendit l'étranger s'éveiller en hurlant. Elle abandonna son ouvrage et vint le rassurer. Elle posa sa main sur la poitrine du jeune homme.

— Ça va aller, ne craignez rien ! Vous êtes en sécurité, soupira-t-elle.

Amaury reprit son souffle.

— Que m'arrive-t-il ? Je brûle de l'intérieur !

— Vous avez anéanti le nécromancien, expliqua la jeune femme. Sa magie s'est transférée en vous. Je prépare un remède pour adoucir cette sensation de chaud qui envahit votre corps.

Le chevalier contempla la jeune femme.

— Où sont mes... amis ? demanda-t-il. Hope... je dois voir Hope.

— Je ne sais pas qui sont vos amis, nous vous avons trouvé en bas du ravin. D'après la chute que vous avez subie, je pense que ceux-ci vous croient mort.

Amaury se redressa.

— Il... m'a lâché... soupira-t-il en repensant à ce qui s'était passé.

— Je ne sais pas ce que vous avez subi, mais la magie du nécromancien vous a sauvé la vie. Maintenant, il faut apprendre à la contrôler, sinon, elle va vous consumer à petit feu. J'ai soigné aussi cette cicatrice sur votre joue droite, mais malheureusement, vous garderez une marque.

Amaury posa sa main sur sa joue en contemplant la jeune femme. Celle-ci avait de longs cheveux bruns bouclés, de grands yeux gris aux cils élancés et une peau chocolat qui faisait ressortir la couleur de ses iris. La jeune femme était une beauté nomade. Celle-ci sourit.

— Je me nomme Loumie, se présenta-t-elle.
— Je suis Amaury, chevalier d'Oldegarde. Du moins, je l'étais, soupira-t-il.

Tout en proposant ses mixtures à Amaury, qu'il but volontiers, la jeune femme lui expliquait en quoi consistait leur communauté.

— Je pourrais rester en votre compagnie, suggéra le chevalier. Si ce que vous dites est vrai, que les pouvoirs du nécromancien sont en moi à présent, je participerai à vos représentations. Mais il faut que je contrôle cette magie et je ne sais pas comment faire, se désola-t-il.

La jeune femme posa sa main sur celle d'Amaury.

— Nous connaissons une personne qui peut vous aider. Je vais lui demander de vous apprendre.

Amaury posa son autre main sur celle de Loumie et caressa celle-ci.

— Je vous remercie pour tout, soupira-t-il.

La jeune femme approcha son visage de celui du chevalier et posa délicatement ses lèvres sur celles d'Amaury. Le jeune homme ne refusa pas son baiser et Loumie se positionna au-dessus de lui. Ce qui s'en suivit fut un long moment de plaisir et de jouissance pour les deux jeunes gens. À partir de ce jour, le chevalier d'Oldegarde n'était plus. Une autre vie attendait Amaury le Brave.

Union sacrée.

Les préparatifs se déroulaient comme le souhaitait la reine mère. L'annonce du mariage du roi d'Amnésia et de la princesse d'Oldegarde s'était répandue au-delà des royaumes. De grandes personnalités étaient conviées. Hope fut demandée dans les appartements du roi. Celle-ci s'y rendit tout de suite et entra lorsque le souverain lui donna sa permission. Son frère était assis derrière le grand bureau sculpté. Il lui demanda de s'assoir face à lui.

— Ma sœur, je voulais te parler du successeur d'Amaury, commença-t-il. Je sais que d'évoquer le nom du chevalier te fait de la peine, c'est pour cela que j'ai attendu avant de prendre une décision.

— Et quelle est-elle, mon frère ? demanda Hope sereinement.

— Je voudrais que tu le remplaces à mes côtés, Hope. Que tu deviennes ma main ! Tu sais gouverner un royaume et je te fais entièrement confiance.

Hope se rembrunit. Elle ferma les yeux un instant en soupirant.

— Même si ta proposition me flatte, mon frère, je ne peux pas accepter. Je vais devenir reine d'Amnésia et mon royaume aura besoin de moi.

— Penses-tu vraiment qu'Hayden te laissera diriger son royaume ? Je t'offre une échappatoire à ce mariage, tu l'as toujours désirée !

— Je le sais, mon frère. Tu es un bon roi et je n'ai plus besoin d'échappatoire à présent.

Le jeune roi capitula. Il savait qu'il ne pouvait pas résonner sa sœur.

— Très bien, Hope, alors qui me conseilles-tu pour être ma main ?

— Je ne vois que deux personnes qui peuvent jouer ce rôle, mon frère. La décision t'appartiendra de choisir. Je te suggère Maïlann ou Kiryan. Ils sont loyaux envers Oldegarde.

— Je les avais choisis à ta suite, Hope.

La jeune femme sourit et quitta le roi. Elle se rendit auprès de ses enfants qui se trouvaient dans le jardin, admirant les décorations du mariage. Hope congédia leur nourrice.

— C'est beau, mère ! s'émerveilla Maëlo.

Hope s'agenouilla devant son fils.

— J'aimerais que vous m'appeliez toujours « maman » les enfants.

— Mais grand-mère nous a dit que ce n'était pas convenable, lança Mila.

— Moi, je vous l'autorise !

Les enfants acceptèrent et ils enlacèrent leur mère. Puis ils s'éloignèrent pour jouer dans le jardin. Hope les contemplait. Quelqu'un approcha à ses côtés.

— Les aimeras-tu comme tes propres enfants ? demanda-t-elle au roi Hayden.

— Il faudra que je m'habitue à eux. Ils sont encore très jeunes, je pense que cela sera faisable.

— Le jeune roi m'a demandé d'être sa main, lança-t-elle.

Hayden tourna son visage vers Hope et la contempla. Celle-ci regardait toujours en direction de ses enfants.

— Quelle était ta réponse ? s'inquiéta-t-il.

Hope quitta sa progéniture des yeux et se tourna vers Hayden. Elle se rapprocha de lui.

— Que je ne pouvais pas être reine d'Amnésia et main du roi d'Oldegarde en même temps ! souffla-t-elle.

Hayden posa ses mains sur le visage de Hope.

— Je te promets que tu gouverneras le royaume en ma compagnie, suggéra Hayden.

— Mon frère en doute, avoua Hope. Avant cette quête, tu m'as fait comprendre que je devrais rester à ma place dans une cage dorée lorsque nous serons unis.

Le roi d'Amnésia posa son front contre celui de Hope et caressa le visage de la jeune femme.

— Je t'en fais la promesse, Hope. Crois-moi, tu seras à mes côtés et tu participeras aux entretiens. Je t'aime, ma princesse.

Hope fut ému par ce mot. Venant de la bouche d'Hayden, cela était inconcevable. Elle posa ses mains sur celles du roi.

— Je lui ai suggéré de prendre Maïlann ou Kiryan, avoua-t-elle. Il fera son choix.

Hayden se réjouissait déjà. Si le jeune roi choisissait Maïlann, son espionne serait en place. Pour cela, il fallait que la jeune femme accepte sa proposition.

— Et ton amante, est-elle partie ? lui demanda Hope soudainement.

— Myriélane s'en est allée avec des écus en poche. Je ne pouvais pas la laisser sans fortune. C'était une jeune femme bien.

— A-t-elle accepté ta décision sans rechigner ?

Hayden sourit.

— Elle m'a supplié de la garder, car je lui avais promis qu'elle resterait au château, même si je t'épousais. Elle m'a injurié !

— Alors, pourquoi ne l'as-tu pas gardé ? Je ne t'aimerais peut-être jamais !

Hayden suspendit ses lèvres au-dessus de celles de Hope.

— C'est faux, Hope. Je sais que tes sentiments pour moi ont changé !

Hayden posa sa bouche sur celle de la princesse. Leur long baiser fut interrompu par une voix d'enfant.

— Maman ! Viens jouer avec nous ! demanda Mila en tirant sa mère par la main.

— Je viens, ma chérie.

Hope avança vers le terrain de jeux. Elle stoppa un instant et se tourna vers le roi Hayden.

— Viens avec nous, Hayden !

— Je ne sais pas si…

Une petite main agrippa celle du roi d'Amnésia. Hayden contempla l'enfant.

— Venez ! lui demanda Maëlo.

Hayden obtempéra et se laissa guider par le petit garçon. Hope était déjà assise sur l'herbe face à sa fille. Maëlo fit assoir le roi près de sa mère et se laissa choir devant le souverain.

— À quoi joue-t-on ? demanda Hayden à Hope.

La princesse sourit.

— Je ne sais pas, c'est eux qui choisissent, lança-t-elle gaiement.

Mila se leva rapidement et courut autour des adultes et de son frère. Elle toucha rapidement l'épaule du roi.

— C'est vous le loup ! cria-t-elle.

Puis la petite fille partie en courant dans les jardins.

— Que dois-je faire ? demanda le roi.

Hope se leva. Le petit garçon était déjà parti.

— Tu es le loup, tu dois nous attraper, expliqua Hope tout en reculant.

Puis, la jeune femme courut à grandes enjambées. Hayden sourit. Il se redressa et chercha une première proie. Il vit une petite silhouette près d'un bosquet. Il contourna celui-ci et surprit la petite fille. Il la souleva dans ses bras lorsque celle-ci se trouva à sa portée et la serra contre lui. Il contempla le visage de l'enfant. Sans même savoir ce qui se produisit en lui, il donna un baiser sur la joue de la fillette.

— Et maintenant, Mila ? Que dois-je faire ?

La petite fille attrapa le visage de l'homme entre ses mains.

— Tu m'as attrapé, je suis un loup ! dit-elle, les yeux pleins de malice. Nous devons trouver maman et mon frère !

— Tous les deux ?

— Oui, expliqua Mila.

— Très bien.

Hayden chercha sa deuxième proie en portant la petite fille dans ses bras. Il vit une silhouette. Il demanda à l'enfant de se taire et la posa à terre. Il expliqua ensuite à Mila son plan pour agripper sa mère. L'enfant était heureuse et fit ce que le roi lui demanda. Elle se présenta à la vue de Hope. La jeune femme sourit.

— Tu ne m'as pas encore attrapé, Mila ! rit la princesse.

La petite fille courut vers sa mère. Hope se détourna et entreprit de prendre un chemin de travers. Soudain, Hayden se positionna devant elle et la serra dans ses bras. Mila tira sur la robe de sa mère.

— Nous t'avons attrapé, maman, lança la petite fille fièrement.

Hope contempla le regard d'Hayden. Son seul amour avait disparu, mais la passion naissante qu'elle ressentait pour le roi était bien réelle. Elle l'aimera, cela en était certain, mais pas de la même façon qu'Amaury.

!!!

Leur jeu fut interrompu par la reine mère qui tenait Maëlo par la main, la nourrice se trouvait en sa compagnie.

— Il serait temps de vous préparer pour votre mariage, suggéra Eldrid à la fois à sa fille et au roi.

Hope se défit des bras d'Hayden et prit la main de sa petite fille dans la sienne. Elle avança vers sa mère.

— Vous avez raison, mère. Le temps passe si vite lorsque nous nous amusons.

Elle laissa Mila en compagnie de sa gouvernante et la femme emmena les enfants. Maëlo était mécontent. Il aurait voulu que sa maman le trouve ! Eldrid sourit à sa fille.

— Tu auras tout le temps de t'amuser avec tes enfants lorsque tu seras dans ton domaine. Et peut-être que cette fois, tu en auras un de plus à choyer !

Hope soupira. Son désir n'était pas de donner naissance à un nouvel être maintenant. Eldrid sentit sa fille frustrée à l'idée de procréer une deuxième fois. Hope s'en alla dans ses appartements, laissant Hayden en compagnie de sa mère.

— Je vois que Hope n'est plus indifférente à vos marques de tendresses ! lança la reine mère au roi.

— Je lui ai fait savoir que mon intention était de l'aimer comme elle se doit de l'être. Elle sera ma reine, mon amante, depuis que votre fille m'ouvre son cœur, je ne souhaite plus d'autres femmes en ma compagnie.

— Et vous vous habituez aux enfants, ce qui est bien. Cela doit vous fournir de gros efforts, je le conçois, mais ils sont adorables, vous verrez. Avec le temps, vous les aimerez.

— Oui, j'essaie de les apprivoiser.

Eldrid sourit.

— Ce sont encore des oisillons, ils sont malléables. Et si ma fille ne vous donne pas d'héritier ? Accepterez-vous que Maëlo devienne votre successeur à la couronne ?

Hayden trouvait la reine mère bien indiscrète. Il devait rester calme et répondre correctement aux questions.

— Je sais que Hope n'est pas encore prête à me donner une descendance. La perte de son premier amour est encore encrée en elle. Je veux simplement qu'elle soit heureuse en ma compagnie et oublie le chevalier.

— On ne peut pas oublier son premier amour, soupira Eldrid. Êtes-vous sûr qu'Amaury est mort ? demanda-t-elle soudainement.

— Personne ne peut survivre après une telle chute ! affirma Hayden. Je pensais que vous étiez contre leur relation et que vous n'attendiez que notre union pour unifier nos deux royaumes.

Eldrid grimaça. Le roi avait raison. Ce qu'elle attendait depuis si longtemps se réalisait enfin, alors, pour quoi ressasser le passé ?

— Justement, nous devons régler certains accords entre nos deux royaumes avant votre union, expliqua Eldrid. Le roi nous attend dans ses appartements. Hope nous rejoindra.

Hayden suivit la reine mère jusqu'au palais.

!!!

Le jeune roi contemplait les trois personnes qui se trouvaient devant lui, assises sur des fauteuils. Sur son bureau étaient posés deux parchemins. Il poussa l'un des feuillets vers Hope et le deuxième vers Hayden.

— Votre union est pour nos deux royaumes, un atout majeur. Vous, roi Hayden, possédez le plus militaire des fiefs et nous, dont ma sœur, le plus prestigieux en matière de connaissances et du savoir. Les dragons de fer naissent ici et cela restera ainsi. Mais c'est vrai que nos défenses sont limitées en soldats. Le royaume d'Amnésia nous apportera un soutien dans les guerres futures, car beaucoup de contrées, au-delà de nos cinq royaumes, nous veulent du mal.
Hope hoqueta.

— Comment ça, mon roi ? Pourquoi n'en avais-je pas eu connaissance ? s'étonna-t-elle.

— Je suis le roi à présent, Hope. Tu avais d'autres soucis à gérer et je ne voulais pas te perturber.

— Qui sont-ils ? demanda Hayden.

— Ceux qui viennent de la mer. Les étendues baltiques. Les îles, aux prestigieuses fondations.

— Ils se réveillent seulement maintenant ces pirates ! ronchonna Eldrid.

— Depuis qu'ils sont au courant que nous faisons alliance avec Amnésia. Nos cinq royaumes sont imprenables si nous nous entendons. Pour l'instant, roi Hayden, les pirates espéraient que ce serait vous qui anéantissiez les trois royaumes que votre père n'avait pas encore conquis.

— Androphésia est sous mon allégeance aussi, recadra Hayden.

— Seulement une partie des villageois, roi Hayden, avoua Elyo. Cependant, si vous voulez faire alliance avec les pirates pour conquérir les royaumes, il est encore temps de faire marche arrière, proposa le jeune roi.

Hayden soupira. Il savait qu'Elyo était rancunier envers sa personne même si celui-ci n'était qu'un enfant à l'époque, il se rappelait la trahison du prince d'Amnésia et il ne tolérait pas que Hayden soit revenu de la terre du désert et non le chevalier. Le roi d'Amnésia posa son regard sur Hope et il prit la main de la jeune femme dans la sienne.

— Je ne veux pas perdre ce que j'ai de plus précieux, avoua Hayden.

Elyo fut ravi de la réponse. Au contact de sa sœur, Hayden s'adoucissait. Tant que la princesse d'Oldegarde était au côté du roi d'Amnésia, la paix régnerait sur les cinq royaumes et les pirates n'étaient qu'un simple combat à mener.

— Je vous demanderai, roi Hayden, ainsi que toi, Hope, de lire le parchemin et de le signer si cela vous convient.

Le feuillet d'Hayden stipulait qu'il s'unissait à la princesse d'Oldegarde et qu'en aucun cas, celle-ci ne devrait être considérée comme une esclave ou une prisonnière. Le roi d'Amnésia sourit. Elyo craignait pour sa sœur ! Il comprenait. Elle sera reine d'Amnésia et devra être estimée comme telle. Le roi d'Amnésia, par cette union, acceptait de céder, au royaume d'Oldegarde, des armées qui viendraient augmenter le nombre de combattants pour les batailles à venir. Il aura le droit de posséder deux dragons de fer et élever les enfants de la princesse d'Oldegarde comme les siens. Il aura le devoir de concerter le roi d'Oldegarde pour toute transaction de monnaie émanant des royaumes. Le savoir et la connaissance d'Oldegarde lui seront offerts si celui-ci en fait la demande. Si, par malchance, ce mariage devait être caduc, tous les droits que lui propose le royaume d'Oldegarde lui seraient supprimés. Hope retournerait en Oldegarde avec ses enfants et le roi n'aura aucune main mise sur la descendance qu'il engendrera avec la future reine d'Amnésia. Hayden soupira et parapha le feuillet. Quant à Hope, cela lui convenait sauf peut-être le passage qui indiquait qu'elle devait, dans l'année qui suivait son union, donner un héritier au roi d'Amnésia pour fortifier les deux royaumes. Elle apposa sa signature. Les parchemins furent scellés par la cire rouge et attachés à l'aide d'un ruban. Ceux-ci resteraient en Oldegarde, auprès du jeune roi.

— Il est temps pour vous de vous préparer pour cette union, souffla le jeune roi. Je vous attendrai dans la salle du trône.

Hayden sortit le premier des appartements du roi. À partir de maintenant, il ne devait plus voir la princesse, cela en était ainsi. Eldrid proposa à sa fille de l'aider à se préparer. Hope ne refusa pas et les deux femmes quittèrent le jeune roi. En voyant sa robe de cérémonie posée sur sa couche, Hope fut émue. Sa mère avait tenu sa promesse !

!!!

La salle du trône était bondée de monde, attendant la princesse d'Oldegarde. Le jeune roi se trouvait sur son siège, accompagné de sa future épouse. Le prêtre de cérémonie se dressait sur l'estrade, Maïlann, son frère et ses compagnons ainsi que les sœurs vikings étaient installées sur des fauteuils placés pour cette occasion face au roi d'Oldegarde. Les invités de haut prestige qui participeraient au banquet prenaient place derrière les combattants. Hayden se tenait déjà fièrement devant l'homme d'Église, attendant sa promise. La grande porte de la salle s'ouvrit et deux femmes splendides apparurent. La reine mère guidait Hope jusqu'au roi Hayden sous la musique des ménestrels. La robe de la princesse resplendissait. La traîne de celle-ci était longue, cousue de filet d'or, maintenue à l'extrémité par Mila et Maëlo qui étaient vêtus de vêtements nacrés. Le bustier aux pétales givrés enveloppait les formes de Hope et le voilage de ses manches descendait en cascade sur les côtés du tissu. Eldrid laissa sa fille auprès d'Hayden et celle-ci emmena les enfants s'asseoir au premier rang et prit place dans son fauteuil. Les mains des deux amants furent rejointes et entrelacées d'un ruban rouge. Ils se positionnèrent face à face. La cérémonie commença. Le roi Hayden contemplait la princesse. Ses cheveux roux étaient remontés sur sa tête, mélangeant entrelacement de tresses et de mèches rebelles parsemées de petites fleurs blanches. Ses lèvres arrondies étaient rougies, ses yeux d'océan et ses joues légèrement colorés. Le cœur du jeune homme battait rapidement dans sa poitrine. Il était si obnubilé par la beauté de Hope qu'il n'entendait pas les paroles du prêtre. Elyo se racla la gorge et s'exprima :

— Roi Hayden, nous attendons votre réponse ! lança-t-il.

Le roi d'Amnésia reprit ses esprits. Il était confus.

— Je… je le veux. Je désire la princesse Hope comme épouse et reine. Je lui jure fidélité et veillerai sur son bien-être. Je ne lui ferai aucun mal, que ce soit physique ou psychologique… tout le monde fut surpris, Hayden ajoutait des mots… Je lui vouerai mon allégeance et mon âme… Hope écarquillait les yeux… Je serai le père de ses enfants, son amant à jamais, jusqu'à ce que la mort nous sépare.

L'homme de Dieu remercia le roi en lui indiquant qu'il n'en voulait pas tant, mais que ses paroles étaient parvenues aux oreilles du seigneur et demanda à la jeune femme d'avouer ses vœux à son tour.

— Oui, je le veux, commença Hope. Je prends le roi Hayden comme époux et seigneur. Je lui offre ma vie et mon âme jusqu'à ma mort. Je lui vouerai ma fidélité et respecterai son statut.

Hope n'ajouta pas d'autres mots, contrairement à Hayden. Le prêtre finit la cérémonie et les deux époux s'unirent d'un long baiser. Les festivités commencèrent et les convives furent ravis du déroulement de la soirée. Hope débuta le bal avec son frère puis Hayden reprit son rôle. Ils dansèrent serrés l'un contre l'autre. Le roi parsemait de baisers le cou de Hope discrètement. Celle-ci frissonnait à chaque instant. Allait-elle apprécier sa nuit d'union ? Mila et Maëlo jouaient jusqu'à épuisement. Leur nourrice en conclut qu'il était temps de les mettre au lit. Lorsque la nuit tomba, Eldrid, qui se trouvait en compagnie du jeune roi et de sa fille, se leva de son fauteuil. Elle prit sa coupe et frappa sur celle-ci à l'aide d'un morceau de cuivre pour faire du bruit. L'assemblée était tout ouïe.

— Il est temps à présent à nos chers époux de rejoindre leurs appartements ! convint-elle.

Le roi Hayden se leva à son tour et tendit sa main vers Hope.

— Oui, il est temps de nous éclipser ! avoua le roi.

Hope prit la main de son époux et suivit ses pas. Elle savait qu'à partir de maintenant, son corps n'appartiendrait plus à son chevalier. Une larme coula sur sa joue. Le couple royal se dirigeait vers la grande porte, les invités s'écartèrent à leur passage. Eldrid les suivit du regard. Enfin, Oldegarde serait en paix et les royaumes se sentiront protégés. Sachant que sa fille était trop bornée pour consentir à procréer de nouveau, elle avait demandé à la dame de compagnie de Hope de lui donner tous les soirs la mixture qu'Eldrid avait modifiée pour le plus grand bien des deux royaumes. Le couple de jeunes mariés arriva devant l'entrée de la chambre de

Hope. La jeune femme soupira et Hayden ouvrit l'accès. La nouvelle reine ne parlait pas. Le roi d'Amnésia la fit entrer et referma la porte. Il l'emmena près de la couche, ôta le voile de la tête de Hope et commença à défaire les lanières de son corset. Hope ferma les yeux. Ce n'était pourtant pas la première fois ! Son corps tremblait. Le corset fut ôté, sa robe tomba sur le sol doucement et ses sous-vêtements retirés délicatement. La jeune femme était de dos. Hayden contemplait son derrière lorsque celle-ci se retrouva nue. Il défit la coiffure de sa bien-aimée et les longs cheveux flamboyants ondulaient sur les omoplates de la reine. Hayden colla son corps contre celui de Hope et embrassa son cou tout en malaxant ses seins.

— Cela fait si longtemps que j'attends, Hope, soupira-t-il. Tu m'as fait tant languir.

Puis il poussa la jeune femme sur le lit. Hope hoqueta. Elle se tourna vers Hayden qui se tenait au pied du lit et ôtait ses vêtements. Il monta sur la couche et avança vers Hope. Il posa ses mains sur les cuisses de la jeune femme et entrouvrit ses jambes. Ce que lui fit Hayden par la suite émoustilla tout le corps de Hope et elle découvrit d'autres façons de combler un homme. Le roi était parfois brutal, mais Hope se défendait et reprenait les rênes. Il aimait ça et elle aussi. Jamais il ne la frappait ! Ce fut une nuit d'amour intense et bestial qui dura un long moment et qui permit aux sentiments de Hope envers Hayden de s'extérioriser.

. 𝔇énouement.

Hope ouvrit les yeux doucement. Elle était dans son lit défait. Ses cheveux bataillaient sur l'édredon, son corps lui fit ressentir ses exploits de la nuit dernière. Le soleil brillait à travers les rideaux tirés. Elle contempla le jeune homme brun assis sur le fauteuil. Il la fixait du regard. Elle se redressa.

— Il doit être très tard, le soleil brille déjà intensément, souffla-t-elle.

Hayden sourit.

— Je t'ai laissé dormir. Tu étais très fatiguée.

Hope se tut et admira Hayden. Celui-ci se leva du siège et se pencha vers elle. Il lui donna un baiser.

— Nous partons aujourd'hui pour notre royaume, ma reine, souffla-t-il. Tes enfants sont prêts, nos dragons de fer attendent bien sagement à l'extérieur du palais.

— Je dois préparer mes affaires, soupira Hope.

Hayden se redressa.

— Vous avez tout ce qu'il faut en Amnésia, tes enfants et toi, ne t'en fais pas, cela fut organisé à l'avance.

— Et Gaya ?

— Penses-tu que je vais laisser ta louve ici, mon amour ? Bran serait très mécontent, ajouta le roi en faisant un clin d'œil à Hope.

Puis le jeune homme sortit des appartements, laissant Hope s'apprêter. Elle fit venir des servantes qui lui préparèrent son bain et lorsque celle-ci fut seule, elle plongea dans l'eau tiède et se détendit. Une fois vêtue et coiffée, Hope se rendit dans la salle du repas. Le jeune roi, Eline, sa mère et Hayden l'attendaient. La jeune femme fit une révérence à son frère et s'assit sur son siège. Une cuisinière lui apporta l'encas de la matinée.

— Je ne pensais pas vous voir tous à table, s'exprima Hope.

— Nous t'attendions, Hope, soupira le jeune roi Elyo. Nous voulions te parler avant que tu partes.

— Soit, mon roi, puis-je manger en vous écoutant ?

Elyo sourit.

— Évidemment, ma sœur. J'ai pris une décision concernant ma nouvelle main et je suis certain que Maïlann sera apte à me conseiller.

— Vous avez fait un bon choix, mon frère.

Hayden s'extasiait intérieurement, mais ne le montra pas à son entourage.

— Puis-je te laisser entre les mains du royaume d'Amnésia, Hope ?

La question du jeune roi étonna tout le monde. Hope cessa de manger et posa ses yeux sur Hayden qui fulminait, puis elle fixa son frère.

— Cette nuit, j'ai compris une chose, mon roi, commença Hope. Je pars en Amnésia heureuse et…

amoureuse, se réjouit-elle... Hayden contempla Hope et posa sa main sur celle de la jeune femme... Je sais, mon frère, que vous doutez des sentiments du roi d'Amnésia et je le comprends, continua Hope. Vous voulez nous protéger, mes enfants et moi, mais je peux vous rassurer en vous disant que rien ne me perturbera, je suis une guerrière avant tout et mon époux l'a compris en cette nuit de noces.

— Et Hope régnera à mes côtés, nous prendrons les décisions de notre royaume ensemble, ajouta Hayden. C'est elle qui gouvernera lorsque je serai absent. Elle sera ma reine et ma main.

Hope fut surprise. Eldrid se réjouit pour sa fille. Le jeune roi Elyo hésitait, mais faisait confiance en sa sœur. Pour le moment, Hayden était épris de la nouvelle reine et Hope pouvait le manipuler. Ce qui était appréciable pour le royaume d'Oldegarde.

— Bien, ma sœur. Je suis ravi pour vous. Je vous enverrai une missive lorsqu'Eline sera prête pour devenir reine. Je vous souhaite beaucoup de bonheur.

Hope finit son repas et tout le monde quitta la pièce. Mila et Maëlo dirent au revoir à leur oncle et grand-mère, ainsi qu'à leur nourrice, car Hayden avait décidé que du changement leur ferait du bien. Il n'y avait que Kena, la dame de compagnie de Hope, qui était autorisée à suivre le couple royal en Amnésia. Maïlann et Kiryan promirent à Hope de lui donner des nouvelles et de lui rendre visite.

Le premier dragon était dirigé par Hope et le second, par Hayden. Celui-ci avait appris à le manier. La nouvelle reine avait chargé son dragon de ses inventions et de quelques armes qu'elle avait fabriquées. Elle comptait bien ouvrir son atelier au château d'Amnésia ! Ses enfants l'accompagnaient et ils étaient heureux de voir un nouvel horizon. Ils nommaient Hayden « père ». Non pas que cela gênait Hope, mais elle avait toujours un pincement au cœur lorsqu'elle pensait à leur propre géniteur.

Hayden était seul avec son bras droit dans le dragon de fer. Lothaire contemplait son souverain.

— Je vous sens heureux, mon roi, lança celui-ci.

— Oui, Lothaire. J'ai enfin tout ce que je voulais. Ma patience est récompensée.

— Vous aimez réellement la reine, n'est-ce pas ?

— Je pense que je l'ai toujours aimé, Lothaire. Étant enfant, ce n'était qu'un amour enfantin. Mais lorsque je l'ai revue il y a de cela quatre ans, elle était devenue une ravissante jeune fille et mon cœur a explosé dans ma poitrine, avoua Hayden. Le seul inconvénient fut le chevalier !

— Que vous avez anéanti, mon roi ! affirma Lothaire.

Hayden grimaça.

— Tu es le seul à savoir ce qui s'est passé, Lothaire. Et je conçois que ta nouvelle reine ne t'est pas indifférente. Tu pourrais lui avouer la vérité ?

— Non, mon roi. Je ne veux pas vous trahir et faire de la peine à la reine. Cela serait un désastre pour vos deux royaumes !

Hayden fut soulagé. Son bras droit était fidèle.

— Et Maïlann ? demanda Lothaire. Avez-vous pu lui parler avant de partir ? Fera-t-elle ce que vous lui avez demandé ?

— J'ai parlé à la nouvelle main du roi ce matin même. Elle le fera. Je lui ai exprimé une nouvelle fois ma sollicitude et elle ne l'a pas refusée.

Lothaire fit la grimace.

— Vous avez trompé la reine le lendemain de votre union ?

— C'était pour une bonne cause, mon ami, rassure-toi. Je n'ai plus l'intention de le faire. Et toutes ces femmes que j'ai connues ne valent pas ma reine.

Lothaire se tut et s'assit sur le siège. Le roi avait raison, Hope ne lui était pas indifférente.

!!!

Hope contempla son nouveau palais lorsqu'elle descendit du dragon de fer. Celui-ci resplendissait. Ses murs étaient fortifiés, un fossé était creusé autour de ces enceintes et des pics en fer sortaient de la terre. La bâtisse était immense et les vitraux des fenêtres en alcôves représentaient des scènes de vie viking à travers le temps. Hayden remarqua l'intérêt que portait sa reine aux dessins.

— Ma famille n'a jamais perdu ses origines guerrières, souffla le roi.

— J'aime déjà ces vitraux ! s'extasia Hope.

Le roi prit la main de son épouse dans la sienne.

— Tu les admireras plus amplement de l'intérieur, ma reine. Et il avança en compagnie de son épouse vers sa demeure.

Le pont-levis se baissa et Hayden prit le bras de Hope. Lothaire agrippa les mains des enfants dans les siennes et il suivit le couple royal accompagné de Kena. Les deux loups coururent vers les bois, heureux d'être enfin ensemble. Lorsque Hope passa le seuil de la grille du château, elle fut acclamée par le peuple d'Amnésia. Hayden l'emmena jusqu'à la salle du trône. Celle-ci était plus vaste que celle d'Oldegarde. Deux statues trônaient près des sièges impériaux. Hope en resta bouche bée. La jeune femme avança vers celles-ci et posa ses mains sur l'une d'elles. Elle admira le chef-d'œuvre.

— Odin ! Père de tout !

La statue gisait à l'arrière du trône d'Hayden. Hope avança vers la seconde figure, qui faisait une tête de moins que le Dieu Odin et cette fois, elle la caressa tout en posant son front contre la pierre froide.

— Freya ! Ma déesse, soupira-t-elle en fermant les yeux.

Celle-ci était positionnée derrière son siège. Hayden approcha de Hope et posa ses mains sur ses épaules.

— Connaissant ta loyauté pour tes gênes vikings, je savais que ce palais te plairait, ma reine. Celui-ci est fait pour toi !

Puis il tourna Hope vers lui et proposa à celle-ci de contempler les piliers qui soutenaient le haut plafond. Des personnages étaient sculptés dans la pierre.

— Tous les Dieux sont présents dans ce lieu, Hope. Mon grand-père était resté un païen. Même si celui-ci avait fait allégeance envers le Dieu chrétien par obligation, expliqua Hayden.
La jeune femme admirait les visages incrustés dans les colonnes. Frigg, Balder, Loki, Thor, Hel, Sif, Foresti, Tyr… Tous les êtres que ses sœurs vénéraient se trouvaient dans cette salle.
— Personne n'a entendu parler de cette salle, avoua Hope. Pourquoi, Hayden ?
— Ce château possède une autre salle du trône, plus petite que celle-ci, où mes aïeuls recevaient les demandes et organisaient leurs banquets. Ils ne voulaient pas que ces magnificences soient exposées au regard de tous et surtout pas mon grand-père ! Pas après que le christianisme est apparu. Mon aïeul savait que si cela se répandait à travers les royaumes et au-delà, les chrétiens seraient venus détruire ce château ! convint Hayden.
Kena était émerveillée aussi, même si celle-ci était chrétienne, elle écoutait attentivement le roi. Lothaire connaissait cette salle et pour lui, chacun avait le droit à ses croyances. Les enfants approchèrent de leur mère et agrippèrent chacun l'une de ses mains.
— Ce sont les Dieux vikings, maman ? demanda Mila.
— Oui, ma chérie. Et je vous en apprendrais plus sur ceux-ci.
Hayden regarda les enfants.

— Connaissent-ils la religion païenne ? s'informa-t-il.

— Oui, mon roi, soupira Hope, et aussi la religion catholique. Plus tard, ils choisiront laquelle ils veulent suivre, jamais je ne les obligerais.

— Et je m'en réjouis, répondit Hayden. En revanche, ici, tu ne trouveras pas de statuettes du Dieu catholique. Peut-être dans l'ancienne chapelle qui se trouve dans les jardins. Je n'y suis jamais allé !

— Cela suffira, exprima Hope. Maintenant, je veux que ce lieu soit ouvert au peuple et à tous nos invités ! suggéra la reine. Je souhaite qu'ils comprennent que les souverains d'Amnésia ne rejettent pas leurs origines, et celui d'Oldegarde, le christianisme. Chacun d'entre nous est libre de choisir ! Nos deux royaumes se complètent à présent et je suis très fière de ce que ton grand-père a accompli.

— Le royaume d'Androphésia ne sera certainement pas ravi que nous faisons de notre fief, un asile pour les païens et autres religions, suggéra Hayden.

Hope approcha face à Hayden et son regard plongea dans celui du roi.

— Qu'importe ! Hayden. Autrefois, ce lieu était un royaume pour les exclus, cela ne fait aucune différence. Et aujourd'hui, la principauté ecclésiastique gouverne Androphésia, ce n'est plus la cité que j'ai connue.

Hayden approuva tout en repensant à son aïeul. Celui-ci savait que la petite princesse d'Oldegarde était faite pour gouverner au côté de son petit-fils, car ils partageaient la même religion. Hope exprima le souhait que ses sœurs vikings soient les premières à visiter cette salle. Et de posséder une pièce pour continuer à fabriquer ses inventions. Le roi ne refusa pas et l'ancienne salle du trône lui fut attribuée. Les enfants furent confiés à leur nouvelle nourrice qui s'avérait attentionnée à leur égard. Hayden teint sa promesse et Hope gouverna le royaume à ses côtés. Elle participait aux réunions et donnait son avis sur les missions. Ses stratégies et son intelligence furent vite appréciées par les généraux du royaume. Hayden était éperdument épris de sa reine. Il ne pensait pas que cela était possible. Leurs ébats étaient toujours intenses et brutaux. Le couple royal se donnait au plaisir charnel dans chaque pièce du château, dans les jardins, dans les endroits insolites, sauf la salle du trône, car ils respectaient leurs Dieux. Ils aimaient l'interdit et craignaient toujours de se faire prendre. Avec Hope, Hayden rajeunissait, il se sentait vivant et lorsqu'il partait au combat, il se jurait de toujours revenir pour assouvir sa passion. Hope fit reconstruire la chapelle du jardin, car celle-ci tombait en ruine et laissait ses enfants en compagnie de Kena prier le Dieu chrétien. Celle-ci était ouverte à tous les domestiques voulant se repentir. La nouvelle reine fut idolâtrée de son peuple et des serviteurs d'Amnésia.

Hope et Hayden, ainsi que les enfants, participèrent au mariage de la princesse Eline et du jeune roi Elyo d'Oldegarde. Ce fut une grande cérémonie et une union parfaite. Et enfin, le jour de ses vingt-trois ans, Hope donna naissance à une ravissante petite fille aux cheveux roux, malgré la mixture qu'elle prenait tous les soirs.

Hayden en fut heureux et se consacra à cet enfant, au détriment de Mila et Maëlo. Hope espérait que cela lui passerait avec le temps.

!!!

L'horizon s'assombrissait, le vent soufflait, une tempête se préparait. La troupe de nomades décida de trouver refuge pour la nuit dans un temple abandonné près d'un monastère. Cela faisait des mois qu'ils crapahutaient à travers la montagne et les forêts pour rejoindre les cinq royaumes. Un jeune homme était assis sur une dalle plane, observant et manipulant la flamme qui se trouvait dans sa main. Il faisait danser celle-ci. Puis, la lueur se fit plus intense, une boule de feu se figea entre ses mains. Il la manipula avec facilité et légèreté. Le jeune homme se redressa et entama un pas de danse avec la sphère flamboyante, la faisant léviter et tournoyer au-dessus de sa tête. Puis, celle-ci s'évanouit lorsque le jeune homme fit une révérence à un public imaginaire. Pourtant, quelqu'un applaudit sa performance.

— Avec ce tour, je suis sûr que tu vas impressionner ton futur public, Amaury ! lança la jeune femme brune. Elle avança vers le jeune homme et se plaça devant lui. Celui-ci la prit dans ses bras.

— Tu arrives de mieux en mieux à contrôler la magie du nécromancien ! ajouta-t-elle.

— Et cela est grâce à toi, Loumie, soupira Amaury. Il embrassa la jeune femme langoureusement. Celle-ci mit fin à leur passion en s'écartant du jeune homme.

— Je sais que tu ne souhaites pas que j'en parle, mais j'ai des nouvelles concernant Oldegarde.
Amaury soupira.
— Les nouvelles concernant Oldegarde ne m'intéressent pas, Loumie.
— Le roi Elyo a épousé la princesse des terres arides il y a quelques mois. Le jeune Elyo est un bon souverain.
Amaury s'assit sur la dalle.
— Il a toujours eu un cœur bon, soupira celui-ci.
Loumie prit une profonde inspiration, car ce qu'elle était prête à dire à son bien-aimé ne le réconforterait nullement. Mais elle devait le mettre au courant.
— Quant au royaume d'Amnésia, une petite princesse est née… Amaury grimaça… le fief prospère et la reine a fait de cette cité un culte pour les païens !
Le jeune homme fronça les sourcils.
— Comment ça ?
La jeune femme brune s'assit à côté d'Amaury.
— Il paraît que la salle du trône est remplie de statues de Dieux païens ! s'extasia-t-elle. Elle a seulement déterré une ancienne culture et de ce fait, tous ceux qui le souhaitent, catholique, païens ou non-croyant peuvent cohabiter dans ce royaume.
— Peu m'importe. Je ne veux plus entendre parler de cette… reine !
— Tu m'as dit autrefois que tu avais des enfants, que tu chéris, ne veux-tu pas les revoir ?
Amaury bouillonnait.

— Ce ne sont plus mes enfants, Loumie ! gronda-t-il. Et je ne ressens plus rien pour Hope !
Loumie se leva de son siège en pierre.
— Cela est faux, Amaury le Brave ! lança sévèrement la jeune femme. Je le vois. Je sais que tu as mal. Je pense tes blessures, mais cela ne suffit pas, Amaury. Alors, sois brave et fais front !
Amaury serra les poings.
— Je ne peux pas, soupira-t-il.
— Si, tu le peux ! Nous ne pouvons pas nous cacher des deux royaumes, un jour, nous devrons aller dans l'un de ces fiefs et quelqu'un te reconnaîtra, Amaury. Et cette… reine ne sait même pas que tu es en vie !
Amaury approcha de Loumie sévèrement et posa sa main derrière la nuque de la jeune femme. Il approcha le visage de celle-ci vers le sien.
— Cette reine n'est plus ma princesse, Loumie ! dit-il rageusement. Elle aime le roi d'Amnésia et je ne peux rien faire contre cela ! Mais très bien, dis à ton père qu'il peut prévoir des représentations dans ces deux royaumes, car c'est lui qui t'envoie, n'est-ce pas ?
La jeune femme posa ses mains sur le visage d'Amaury.
— N'en veux pas à mon père, mon bien-aimé, il veut simplement gagner plus d'écus. Et l'or ne manque pas là-bas.
Loumie embrassa Amaury et s'éloigna. Le jeune homme resta un moment sur place, à contempler ses mains qui tremblaient. Soudain, quelque chose en lui explosa. Une forte énergie le submergea et il envoya une boule de feu

contre l'un des murs du temple. Celui-ci se fendit, faisant vibrer tout le bâtiment. Amaury se laissa choir à genoux sur le sol, sa tête se retrouva entre ses mains.

— Je te déteste… soupira-t-il.

Loumie, qui était restée cachée dans la pénombre de l'entrée de la pièce, entendit les paroles du jeune homme et ne savait pas à qui celui-ci s'adressait. Elle espérait simplement qu'il ne pensait pas à la reine d'Amnésia en disant cela. Celle-ci n'était en rien responsable du sort de l'ancien chevalier.

!!!

Hayden avait encore une chose à résoudre. Il se rendit en Dryadaura et attendit la maîtresse de ce lieu. La reine Artémis le rejoignit peu de temps après. Elle l'invita à venir sous son abri et commença à se dévêtir. Le roi Hayden la stoppa.

— Je suis venu te dire que je ne viendrai plus te combler, Artémis, lança-t-il. J'étais ravi d'être ton amant durant toutes ces années, mais aujourd'hui et grâce à tes conseils, je suis comblé.

La reine de la forêt remonta sa robe.

— Alors, comme ça, tu es vraiment épris d'Hope ?

— Je l'attendais depuis si longtemps, qu'aujourd'hui, je ne veux pas qu'elle s'éloigne, soupira Hayden. Mon grand-père serait fier de cette femme ! Amnésia est devenue une cité pour toutes personnes de croyances différentes.

— Oui, tu l'aimes, cela s'entend dans tes paroles.

— Et elle m'a donné le plus beau cadeau. Je suis père d'une magnifique princesse !

La reine Artémis avança vers le roi et se posta devant lui. Elle fixa le regard brun d'Hayden.

— Es-tu certain que le chevalier n'est plus de ce monde ? demanda-t-elle.

Hayden fronça les sourcils.

— Personne ne peut survivre à une chute d'une montagne ! affirma le souverain.

— T'es-tu au moins rendu au pied de cette montagne pour rechercher son corps ?

Hayden grimaça.

— Non, soupira-t-il. Je n'en voyais pas l'utilité.

Artémis posa sa main sur l'épaule du roi et tourna lentement autour de lui.

— Je ne voudrais pas te mettre le doute dans ton esprit, mais je ressens toujours la magie du nécromancien.

— Celui-ci n'est plus, sinon il aurait cherché à se venger, suggéra Hayden.

Artémis se plaça devant Hayden et approcha son visage de celui du souverain. Elle caressa le visage du jeune homme.

— Sais-tu que lorsqu'un nécromancien meurt, sa magie se transfert ?

— Non, je l'ignorais, avoua Hayden.

— Donc, si sa magie est toujours présente, c'est qu'une personne la possède.

— Une personne ? Pas un animal ?

— Un animal ne saurait pas utiliser cette magie et je sens que quelqu'un la répand à travers les royaumes.

— Pourquoi me mets-tu en garde ? Si c'est vraiment Amaury qui possède cette magie, tu ne peux que te réjouir.

La reine s'écarta d'Hayden et son visage se rembrunit.

— La magie noire peut changer un être vivant. D'une bonne âme, celui-ci peut devenir cruel. Je veux simplement que tu fasses attention et que ton nouveau bonheur ne soit pas détruit.

— Mon bonheur est ma vie, si celui-ci est détruit, je ne saurais dire ce qui en suivra, soupira Hayden.

— Un désastre, je suppose, souffla simplement la reine Artémis avant de s'éloigner.

Le roi d'Amnésia remonta sur son destrier et prit la direction de son royaume. Si le chevalier possédait de tels pouvoirs à présent, il se demandait comment il pourrait le détruire. Hayden devra trouver un moyen de contenir une magie aussi puissante que celle d'Amaury. Il enverrait des hommes explorer les terres arides. Il voulait être sûr du ressenti d'Artémis. Il se rendit dans la chambre de sa petite fille dès son retour et se pencha vers le berceau.

— Tu es la princesse d'Amnésia, Aëlys. Personne ne t'enlèvera de mes bras, mon enfant, je…

Il fut interrompu par une voix provenant du seuil de la porte.

— Pourquoi penses-tu que quelqu'un voudrait te l'enlever, mon roi ? s'étonna Hope.

Hayden se redressa et contempla sa femme. Elle aussi, il ne voulait pas la perdre ! La jeune femme se positionna à ses côtés près du berceau. Elle portait sa robe de nuit, laissant apparaître ses formes généreuses, ses longs cheveux roux flamboyant contrastaient sur ses épaules avec le blanc de son vêtement. Ses yeux opales fixaient le regard du roi. Hayden la serra contre lui et posa son menton sur le haut du crâne de son épouse.

— Je suis tellement heureux de vous avoir, que je crains qu'un jour, ce rêve s'évanouisse et que je bascule de nouveau dans le noir, soupira-t-il.

Hope prit le visage de son époux entre ses mains et posa son front contre celui d'Hayden.

— Tant que je serai avec toi, tu ne seras plus celui que tu étais. Si cela arrive, je te ramènerai vers la lumière, mon époux.

Puis Hope posa ses lèvres sur celles d'Hayden et elle lui donna un long baiser qui se transforma rapidement en désir. Cette nuit-là, Hayden combla la jeune femme royalement. Puis il la serra contre lui les heures restantes. Il ne voulait plus la quitter ! Il savait que son bras droit avait raison. Le jour où Hope apprendrait la vérité sur ce qui s'était passé sur la montagne du nécromancien, son bonheur serait anéanti.

Amnésia fut le seul empire qui fit renaître la religion païenne, au détriment de certains royaumes. La cité grandissait et prospérait, faisant du commerce avec les îles baltiques, même si les habitants de ces bouts de terre n'étaient pas fiables. Les guerrières vikings rejoignirent les rangs de l'armée de la reine Hope. Laissant la montagne des dragons inoccupée, trouvant dans ce lieu, toute leur ancienne culture qui leur fut ôtée autrefois. Les seigneurs d'Amnésia étaient connus au-delà des cinq royaumes et rapidement, ce domaine prit de l'ampleur et devint égal à Oldegarde…

Et pendant ce temps, dans les terres arides, se répandait une puissante magie…

Je remercie mon mari, mon premier lecteur et mon mentor. Ma fille, qui réalise merveilleusement le graphisme de couverture de mes romans, mes lecteurs, toujours aussi fidèles, et surtout mon imagination qui continue à naître dans mon cerveau pour vous faire voyager parmi mes univers parallèles…

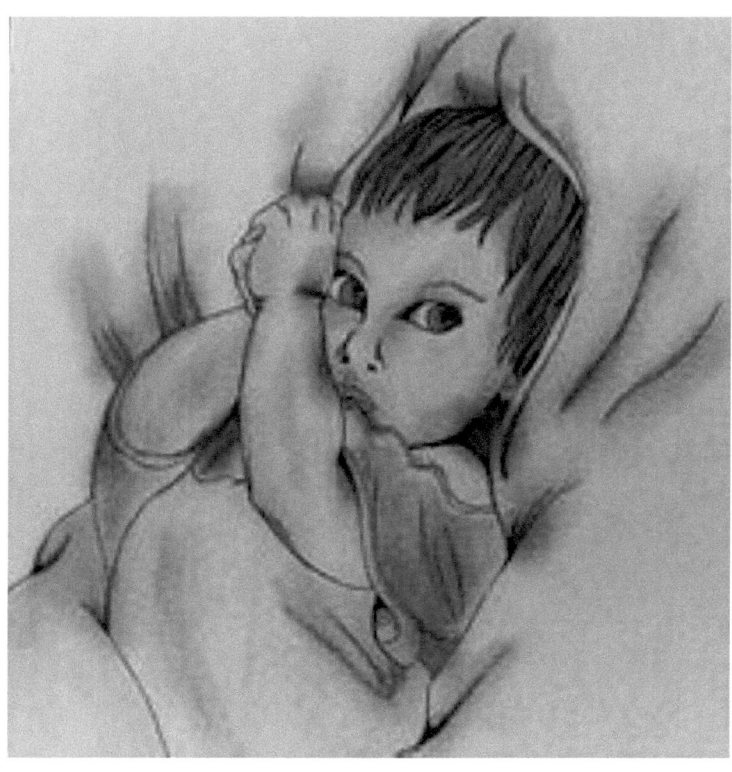

La petite princesse d'Amnésia

Mon royaume est en sursis
Mon avenir entre les mains d'un roi
Pour lequel mon cœur se fige
Je ne peux oublier mon premier émoi

Le temps de l'adolescence est terminé
La femme en moi s'est éveillée
D'une enfant, je suis devenue mère
Et j'en suis fière

Son retour m'ébranle
Mon corps tremble
Lorsque ses mains me caressent
Ses baisers m'enivrent

Je dois choisir mon destin
À un autre homme, je suis promise
Sa disparition est ma fin
Mon amour se brise

Loumie

Du même auteur :

— L'exécutrice des âmes damnées tome 1
— L'exécutrice des âmes damnées tome 2
— L'exécutrice des âmes damnées tome 3
— L'exécutrice des âmes damnées tome 4
— L'exécutrice des âmes damnées tome 5
— La prophétie des contrées livre 1
— La contrée du gouffre livre 2
— Lune sanglante
— Triade de nouvelles fantastiques
— Royaumes, le dragon de fer

La reine Hope